谷心靖◎编著

成长心灵鸡汤

启迪心灵的 *100* 个哲理故事

吉林大学 出版社

图书在版编目(CIP)数据

启迪心灵的100个哲理故事/谷心靖编著. 一长春:
吉林大学出版社,2010.12(2019.1重印)
ISBN 978-7-5601-6729-9

Ⅰ.①启…　Ⅱ.①谷…　Ⅲ.①故事-作品集-世界
Ⅳ.①I14

中国版本图书馆 CIP 数据核字(2010)第 239113 号

书　　名:启迪心灵的100个哲理故事

编　　著:谷心靖
责任编辑:李国宏
责任校对:马宁徽
封面设计:煊坤博文
出版发行:吉林大学出版社
社　　址:长春市明德路 501 号
邮　　编:130021　　发行部电话:0431-89580026/28/29
网　　址:http://www.jlup.com.cn　E-mail:jlup@ mail. jlu. edu. cn
印　　刷:三河市华晨印务有限公司
开　　本:170mm×240mm　1/16
印　　张:12
字　　数:230 千字
版　　次:2011 年 1 月　第 1 版
印　　次:2019 年 1 月　第 10 次印刷
书　　号:ISBN 978-7-5601-6729-9
定　　价:35.80 元

前言

　　每一个孩子都是一棵蓬勃生长的幼苗，在这崭新而又陌生的世界茁壮成长。风雨的磨练，使他们有了挺拔的英姿；汗水的浇灌，使他们根深蒂固。每一次成功，每一次失败，或高兴，或悲伤，无不牵动着我们的心。天空很高很高，孩子的心会越长越高；土地很厚很厚，孩子的根会渐扎渐深……

　　书是开启智慧之门的钥匙，书是攀登知识之峰的阶梯。书是火把，能指引孩子前进之路；书是明灯，能照亮孩子未来道路。一本好书是孩子成长道路上最佳的精神伴侣。书不仅可以增长孩子的阅历、知识，更重要的是它能引导孩子树立正确的人生观，建立并完善自己的人格。

　　本书就是我们为孩子们准备的一份丰盛而有营养的"精神大餐"，为孩子的成长助一臂之力。

　　本书精选了富有激励和价值的心灵故事，从孩子的成长经历，做人做事的修养，良好的学习、生活习惯，以及积极的人生态度等几十个方面，全面诠释了孩子的成长要素。同时设置完善而合理的结构，别出心裁的栏目设计，在提升孩子素质的同时，可以积累到最好的写作素材。

　　那么如何让孩子注重积累写作素材呢？本书收集的众多生动而又典型的故事，为孩子们的写作提供了大量素材。针对有些孩子阅读时囫囵吞枣、不会提炼的问题，我们设计了精致的小栏目——写作关键词、写作论点，让孩子对写作命题一目了然，从而正确引导孩子阅读，提高孩子分析文章、归纳论点的能力。

　　其中，"写作关键词"起着提纲挈领的作用，让孩子对文章大意一目了然，提高孩子对作文选题的敏锐度。而"写作论点"则直指文章内核，在加深孩子总结归纳能力的基础上，充分锻炼其统筹作文、合理布文的技巧。

前言
Foreword

　　而每篇文章最后，我们又为孩子添加了精美的"饭后甜点"。这些小知识、小笑话，不仅丰富了孩子的知识量，还能为孩子紧张的学习带来一丝乐趣。而如能把这些小知识灵活运用在作文之中，不失为画龙点睛。其中"学习指南针"介绍的学习方法，更是能帮助孩子们养成良好的学习习惯，掌握有效的学习技巧。

　　我们建议孩子们在阅读的时候，可以试图自己独自对文章进行思考，归纳论点。然后与本书已提出的论点进行对照、补充，这样可更快提高自身的写作能力。

　　相信孩子在读过此书后，提高的不仅仅是写作水平，更重要的是养成积极的学习意识，这对孩子整体素质和成长都大有裨益的。这是一本既能提高孩子写作水平，又能帮助孩子正确、积极生活学习的书。可以让每位家长更全面地认识、教育自己的孩子，是家长的好帮手，更是孩子们的知心朋友。

编　者

目录
Contents

目录
Contents

目录
Contents

3. 找寻属于自己的幸福

目录
Contents

目录
Contents

目录
Contents

1. 接受并珍惜生活的赐予

小教堂的晨祷

写作关键词 依靠自己、独立面对、苍白无力、自助

写 作 论 点 1. 坚强的人可以战胜一切痛苦。

2. 生活带给我们许多苦难，只有靠自己才能战胜它。

多年前，我曾经历了一场恶狗大战。当时，我正推着婴儿车，短脚长耳的宠物犬一路小跑地跟在我身边。毫无预兆地，3只狗———一只阿富汗猎犬、一只圣比纳救护犬和一只达尔马提亚狗突然向我的狗扑来，并拼命地撕咬它。我大叫着请求帮忙，只见两个人停车看了看又开走了。

看到这些，我顿时愤怒不已，于是亲自上阵去阻止这场恶战。我的戏剧训练从未有过这样的震撼力。我怒声呵斥，动作惹眼，像驯兽师那样控制住混乱的局面，最终3只狗落荒而逃。

回想起来，我觉得自己的行为与其说是愤怒之举，不如说是一种由于意识到必须依靠自己的力量，而采取的自动行为。

生活看起来就像是一连串必须要面对的危机。但在集中精力面对它们时，我曾自欺欺人地夸大了自我的重要性。我觉得自己可以独立面对危机，却又隐约还能感觉到周围有其他人存在。我努力奋斗着，并最终获得了"成功"。我很小就懂得了演艺人士必须为观众服务的规矩。无论台上台下，观众付了钱，就期待你献出最佳的表演。于是，我加入了委员会，发表演讲，支持公益事业。然而，不知何故，我总是感觉做的这些事情毫无意义。

患小儿麻痹症的女儿夭折时，所有人都向我伸出了援手。然而，最初我简直无法接受这一切，甚至难以接受朋友的关爱，所有的支持都显得苍白无力。

玛丽尚在病中时，我常会早起到医院附近的小教堂祈祷。一些干粗活的人也常会去那里静静地祈祷。之前，我从未在意过自己的宗教信仰，甚

至将上帝排除在我的生活之外。因此，我没有勇气请求上帝保佑我的女儿康复，只是祈求他理解我，让我靠近他。每天早晨，我都会去那里祈祷，渴望着能得到一个启示，然而什么都没有发生。

后来，过了很久，就在那个教堂里，我看到了转机。我依然清晰动地记得那些在教堂里见到的人。他们中有疲惫而严肃的劳工，也有双手粗糙的老妇。他们饱尝生活的艰辛，但就在那短暂的一瞬间，他们的灵魂得到了升华，人也顿时显得精神百倍。在祈祷的时候，他们成了上帝真正的子民，那饱经风霜的面容也立刻容光焕发起来。这便是我得到的启示。突然，我意识到自己也是他们中的一员。当知道他们也需要慰藉时，彷徨中的我从中得到了力量，我觉得自己与他们相依相存。我感到有一种同情在心中涌动，也顿时明白了"爱你的邻人……"的真正意义。

那如小教堂中男男女女的面容一样古朴而简单的真理照亮了我的心灵，让我豁然开朗。如今，我常常阅读圣经，将耶稣、大卫与圣保罗的教诲当做是挚手对人生的忠告。他们知道，生活错综复杂，常会给人类带来沉重的打击，他们正在为我指引一条最明智的人生之路。是的，我必须自助，但我并不能够离群索居，只做自给自足的个体。我意识到自己是上帝所创造的人世间所有生命中的一部分，这是我之前从未意识到的生存意义。

★★★心灵感悟

你不可能孤单地活在这个世界上，你会对别人给你的帮助有所依赖；但你要知道你是所独立生存的个体，你的痛苦与快乐，谁都无法代替。所以，不要让依赖成为一种习惯，在想得到他人更大的帮助之前，不如先放弃那颗依赖的心，还是靠自己吧，因为这个时候，他人或许也正在承受着和你一样的困苦。

♀成长好习惯

天气寒冷，人体容易出现寒性肌肉酸痛、手脚冰凉以及寒性胃痛等各种不适，坚持用热水泡脚则可以促进气血运行，疏通经络，解表散寒，缓解手脚冰凉，扩张毛细血管，促进脑部供血。可以在热水中加入生姜片、花椒等辅料，这样祛风散寒的效果较好。一般来说，每日临睡前泡脚20分钟为佳，最好不要超过半个小时。

☪**心灵格言：**如果容许我再过一次人生，我愿意重复我的生活。因为，我向来就不后悔过去，不惧怕将来。

——蒙田

🍁 气度决定高度

写作关键词　牺牲精神、忍耐、谦虚、德才兼备、充实

写作论点　1. 我们要不断充实自我，做一个有气度、有修养的人。

有一个公司重要部门的经理离职了，董事长决定要找一位德才兼备的人来接替这个位置，但连续来应征的几个人都没有通过董事长的考试。

这天，一个三十多岁的留美博士前来应征，董事长却通知他第二天凌晨3点去他家考试。于是这位青年就在凌晨3点去按董事长家的门铃，却未见人来开门。一直到早上8点钟，董事长才让他进门。

考试的题目由董事长口述。董事长问他："你会写字吗？"年轻人说："会。"董事长拿出一张白纸说："请你写一个白天的'白'字。"他写完了，却等不到下一题。他疑惑地问："就这样吗？"董事长静静地看着他，回答："对！考完了！"

年轻人觉得很奇怪，这是哪门子的考试啊？第二天，董事长在董事会上宣布，该名年轻人通过了考试，而且是一项严格的考试！

他说："一个这么年轻的博士，他的聪明与学问一定不是问题，所以我考了其他更难的。首先，我考他的牺牲精神，我要他牺牲睡眠，凌晨3点钟来参加应考，他做到了；我又考他的忍耐力，要他空等5个小时，他也做到了；我又考他的脾气，看他是否能够不发脾气，他也做到了；最后，我考他的谦虚，我只考堂堂一个博士5岁小孩都会写的字，他也肯写。一个人已有了博士学位，又有牺牲精神，他能忍耐，脾气也好，还谦虚，这样德才兼备的人，我还有什么可挑剔的呢？我决定任用他！"

这位董事长看人的角度独特且正确，不是吗？

气度，决定了一个人的高度，一个有气度的人才有成功的本钱，否则他未来的成就势必会受到局限。这是一个知识爆炸的时代，在我们追求知识、学位、才能的同时，千万不要忽略了充实修养提升品格。

（吕 斌）

★★★心灵感悟

> "性格决定命运，气度影响格局"世界著名心理学家容格如是说。一个人的气度，对其成功的可能性和成功的大小也有着很大的影响。故事中的年轻博士学识高、有牺牲精神、忍耐力好、脾气好、谦虚而有气度。具备了这些，相信他管理的公司也会蒸蒸日上。

♀心灵魔法师

不要为提高你脑子内部的活动能力而去读书，也不要为了和别人比起来你更有知识而去读书，更不要仅仅为了更多地了解这个世界去读书。因为，读书是一个人一生中最惬意的享受，这样惬意的享受使得我们的生活更有意义。

♂心灵格言：人格高尚的人被人家说他没有价格，乃是天下最可伤心的事。

——莫里哀

顺势而为

写作关键词 祈祷、拒绝、固执己见、顺势而为

写作论点 1. 放弃也是一种生活的智慧。

2. 遇到难题时我们要审时度势，灵活应变。

英国乡村的一个教堂里住着一位非常虔诚的神甫。有一次，天降大雨，洪水泛滥，神甫所在的教堂已经不安全了。周围的人都劝他赶快离

开，可他还是固执地在教堂里祈祷。他相信上帝一定会救他。

过了不久，洪水冲进教堂，淹没了神甫的膝盖。

这时，一个救生员驾着小船来到教堂门口，大声地对神甫说："赶快上船吧！不然洪水会把你吞没的！"

然而神甫却固执地说："不！我相信上帝会来救我的！"

又过了一会儿，洪水已经淹到神甫的胸口了。神甫只好勉强扶着教堂的柱子站立在水中。

这时，一名警察开着快艇来到教堂前面，着急地对神甫喊道："快上来吧！不然你会被淹死的！"

但神甫仍旧固执地说："不！我相信上帝会来救我的！"

又过了几分钟，洪水几乎将整个教堂都淹没了，神甫只好爬上教堂的屋顶向上帝祈祷。

这时，一架直升机出现在教堂上空，飞行员丢下绳梯之后，冲着神甫大叫："快上来吧！这是你最后的机会了，不然你马上就会被洪水淹死！"

但神甫仍旧意志坚定地说："不！我相信上帝会来救我的！"他的话音刚落，便被洪水吞没了。

神甫死后见到了上帝，他满怀委屈地对上帝说："我那么信任你，你为什么不来救我呢？"

没想到上帝却说："我一共派了3个人去救你：救生员、警察和飞行员，但都被你固执地拒绝了。"

在生活中，如果一味地固执己见，不懂得因时调整，顺势而为，那么任何人都救不了你，因为你是自己在往一条走不通的路上走。

★★★心灵感悟

能够坚持自己的主见是一种美德，但是能够审时度势，不一味地固执己见，懂得适时放弃，更是一种智慧。有时候，放弃并不代表懦弱，也不代表逃避，因为放弃是一种选择，是一种理性的表现。放弃，需要的是一种勇气。

♀健康好医生

茶叶能治疗烫伤，方法是：取一匙茶叶，加少量的水以火煮成浓汁，然后将浓汁迅速冷却，把烫伤部位浸泡在茶汁中。如果不便浸泡，就将茶叶敷在烫伤部位上，这样做可以止痛，防止组织液渗出，对伤口结痂有促进作用。

♂心灵格言：生命的路是进步的，总是沿着无限的精神三角形的斜面向上走，什么都阻止它不得。

——鲁 迅

一旦选择，就要珍惜

写作关键词 寂寞、熔化、失去、压抑、痛苦、珍惜

写作论点 1. 如果决定了一件事，就要好好地完成它。

杯子："我寂寞啊，我需要水，给我点儿水吧！"

主人："好的！你拥有了想要的水，就不感到寂寞了吗？"

杯子："应该是吧！"

主人把开水倒进了杯子里。

水很热，杯子感到自己快被熔化了。杯子想：这或许就是爱情的力量吧！

水变温了，杯子感到很舒服。杯子想：这就是一起生活的感觉吧！

水变凉了，杯子害怕了，怕什么它不知道。杯子想：这就是失去的滋味吧！

水凉透了，杯子绝望了。杯子想：这就是缘分的"杰作"吧！

杯子："主人，快把水倒出去，我现在不需要了。"

主人不在，杯子感觉自己压抑死了。

可恶的水，冷冰冰的，放在心里感觉好难受。杯子使劲一晃，水终于走出了杯子的心，杯子好开心。突然杯子掉在地上……杯子碎了，临死前，看见它心里的每一个角落都有水的痕迹，它才知道：它爱水，它是如

此地爱着水。可是，它再也无法把水完整地放在心里了。

杯子哭了，它的眼泪和水溶在一起，奢望能用生命最后一刻的力量再去爱水一次。

主人将杯子的碎片捡起，一片割破了她的手指，指尖有血。

杯子苦笑着，爱情到底是什么，难道只有经历了痛苦才知道珍惜吗？爱情到底是什么，难道要一切都无法挽回才说放弃吗？

★★★心灵感悟

> 人就是这样，拥有时不知道珍惜，失去了才感觉到珍贵。爱情到底是什么呢？真正的爱情，就是在能爱的时候，懂得珍惜，好好去爱；在无法爱的时候，懂得放手，好好祝福。真正的爱情，就是一时的决定与抉择，然后相伴、相惜地走好漫漫人生路。

♀生活小帮手

去除头皮屑、清洁牙齿、提神都可以用"盐"搞定！常用盐水洗头发，可去除头皮屑，亦可防止头发脱落。用精盐或盐水刷牙，可使牙齿坚固洁白。泡澡时，在水中加入沐浴盐或食盐，不但有杀菌功能，且洗后神清气爽。

♂心灵格言： 生命如流水，只有在他的急流与奔向前去的时候，才美丽，才有意义。

——张闻天

并非一定要走到最高点

写作关键词 一往无前、毫无把握、放弃、坚持到底

写作论点 1. 放弃不等于怯懦。

2. 放弃是人生的大智慧。

经常收看一档收视率很高的节目，主持人非常了解人们的心理，总是能把节目主持得恰到好处，既能吸引人们参与，还会时不时地把大家逗得

哈哈大笑。

这个节目充满了智慧和人性的美丽，它给人创造了一个实现梦想的机会。虽然很多人在实现梦想的过程中铩羽而归，但是也有人能够挑战成功。在节目过程中，女主持人的微笑有无穷的魅力，参与者在她微笑而带鼓励的"继续吗"的提问中，往往都是一往无前地继续下去。

在这个节目中能答对全部 12 道题的人很少，有时关键时刻的一次失误，就会令答题者前功尽弃，被淘汰出局。大多数选手面对这种新鲜刺激的玩法，都选择了"继续"，因为这是一个挑战梦想的机会，每一个人都不愿意轻易放弃。

这一天，又一位挑战者坐在了主持人的对面，他很聪明，也很幸运，已经闯过了九关，该第十关了。这道题的难度很大，他毫无把握，求助，找人询问，所有的求助方法已经全部用完，他还是得不到什么结果。观众席上，怀孕的妻子在关切地看着他。

漂亮的女主持人仍像以往一样，微笑地问对面的挑战者："继续吗？"

他皱着眉考虑了片刻，又展开笑容，轻声说："放弃。"

女主持人一愣，在这个节目里很少有人会选择放弃，这是一个全国性的节目，在全国电视观众面前，就算是失败了，也是轰轰烈烈的，如果运气好或许就能蒙对了。就这么放弃，那不是一生的遗憾吗？

主持人没有死心，继续问："真的放弃吗？"并且一连问了三次。这位挑战者没有犹豫，坚定地说："放弃。"

主持人又问："不后悔？"他笑了："不后悔，我的梦想都已经实现。该得到的都已经得到了，这个时候放弃了，有什么好后悔的。"

在准备离开的时候，男主持人看着他怀孕的妻子问他："你今天选择了放弃，如果你的孩子长大后问你，'爸爸，那天的挑战节目你为什么不坚持到底？'你该怎么回答？"

这位挑战者说："我会告诉我的孩子，人生没有十全十美，也不一定每一个人都非要走到最高点。"

主持人又接着问："如果你的孩子又问，我以后考 80 分就满足了，行不行？"

这位挑战者笑着回答："如果他已经尽了自己最大的努力，80 分也可以。因为第一只有一个，并不是每个人都要当第一。人生懂得选择也懂得放弃，才会得到更多。"他的话音刚落，全场响起了热烈的掌声。

★★★心灵感悟

放弃是一种美丽，也是一种勇气，敢于放弃的人，一定是懂得珍惜的人。而人总是不满足的，希望自己得到的越多越好，因而在追求的过程中又不经意地失去了很多已经得到的东西。人生没有十全十美，也不必完美，敢于选择放弃，勇于面对生活，才是智慧的人生。

♀生活小帮手

饭煮得不够熟时的补救法。可在饭上面用筷子插出几个小洞，滴几滴日本酒，再蒸一下。不久，饭粒就会熟透，变得香软好吃了。另外，日本酒也可用来消除饭热过后常会有的异味。

♂**心灵格言：**人生最大的快乐是在自己并不需要额外去追求快乐的时候。

——佚名

把握住现在

写作关键词　记取教训、瞻望未来、注视现在、把握现在

写 作 论 点　1. 现在拥有的才是快乐的。
　　　　　　　2. 不去妄想，只珍惜眼前。

有一位西方哲学家无意间在古罗马城的废墟里发现了一尊"双面神"神像。他虽然博古通今，但对这尊神像却很陌生。于是，他问神像："请问尊神，你为什么有一个头，却有两副面孔呢？"

双面神回答说："这样才能一面察看过去，以记取教训；一面瞻望未来，以给人憧憬。"

先哲又问："为何不注视最有意义的现在呢？"

"现在?" 双面神有些茫然，不知所措。

先哲说："过去是现在的逝去，未来是现在的延续，但是，你既然无视于现在，即使对过去了如指掌，对未来洞察先机，又有什么意义呢？"

双面神沉默不语，突然号啕大哭。

原来他就是没有把握住"现在"，罗马城才被敌人攻陷，他才因此遭人丢弃，流落在废墟之中。

★★★心灵感悟

人怎样摆脱内心的痛苦？活在当下，活在此时此刻。过去的已经过去不可挽留，未来的还没有到来也不能拥有，去想只能是妄想，徒增痛苦。向当下寻觅，你能真正找到平和与宁静的入口。在那里，你能获得真正的快乐，你会拥有真正的幸福。

♀心灵魔法师

一项对 800 名退休人员的研究发现，那些感觉能控制自己生活的人寿命更长。另有研究表明，工作失去控制给心理带来的压力相当大。

速成法：在俱乐部或政治团体里担任领导角色可能会使你重获控制的感觉。或者，你可以开始一项新健身计划，从尝试控制自己的身体开始。

♂心灵格言：人生最大的快乐不在于占有什么，而在于追求什么的过程。

——本生

珍惜当下的年华

写作关键词 关爱、精力充沛、光明、阳光灿烂

写作论点 珍惜当下的年华，你就能抓住快乐的人生。

曾经有一个电视台播出了一个栏目，主要讨论哪个年龄段才是最宝贵

的，为此，他们征询了很多人的意见。

一个小女孩说："两个月时。因为可以被父母抱着走路，可以充分体验父母的关爱。"

另一个小孩回答："两岁时才是最美好的。因为那时不用去上学。想做什么就可以做什么，想要什么就有什么，那时是父母掌中的宝贝。"

一个少年说："18岁时。因为那时已经成年并且高中毕业了，可以开车去任何想去的地方。"

一个中年男人说："25岁时。因为那时精力最充沛，现在我已经45岁了，越来越感觉力不从心了，就连走上坡路都感觉吃力。"

另一位成功男士说："有些人认为40岁时是人生中最美好的年龄。因为人到40岁时，才是人生的刚刚开始。无论从精力还是生活、事业上讲，都刚刚走上人生旅途中最光明的那部分，以前只是在清理前进道路上的荆棘。"

一位女士说："45岁时，因为那时已经尽完了抚养子女的义务，可以充分享受生活了。"

一个男人说："65岁时，因为那时可以开始享受退休生活，操劳一辈子的心终于可以放下了。"

一位老太太说："其实，生命中的每一天都阳光灿烂，只是人们不知道去珍惜。"

★★★心灵感悟

我们当下所处的年华就是最好的年华，是我们可以利用的资本与财富。站在当下，抓不住未来，也挽不住过去，反而会陷入痛苦与迷惘中。努力于当下，享受于当下，才能收获厚实的未来。

♀ 健康好医生

腋窝是血管、淋巴、神经最多最丰富的地方，平时要有意识地多多自我按摩腋窝区域，促进血液循环，使各器官充分得到养分和氧气的交换，这不仅使大脑、心脏以及肺都受益匪浅，对提高免疫系统功能也很有帮助。

♂**心灵格言：**我以为世间最可贵的就是"今"，最易丧失的也是"今"。因为它最容易丧失，所以更觉得它宝贵。

——李大钊

🍁 生活的此刻

写作关键词 流连忘返、无所事事、摧毁、杀死灵性
写作论点 把握今天，才能赢得明天的成功。

你一定很少抬头去看天上的星星，也许你认为它每天都会出现，从而使你好几个月都不会抬头仰望夜空。但若遇到难得的流星雨呢？那么传媒一定会提前大做宣传，而事后还会大赞其美丽绝妙。当那个时刻来临时，每个人都一定会出去仰望，并大谈其壮观。同样是星星，为什么人们对待后者是如此地流连忘返呢？

正如罗丹所说："生活中不是缺少美，而是缺少发现。"不会欣赏每日的生活是我们最大的悲哀。其实我们不必费心地寻找"流星雨"，"流星"本来是随处可见的。可惜的是生活中的"流星雨"总是被忽略，我们无意中把它当作"星星"对待。想一想吧，早上还没起床时你就开始担心起床后的寒冷而错失了被子里最后几分钟的温暖；吃早餐的时候你又在想着开车上班的路上可能会堵车，上班的时候就开始设计下班后怎么打发时间；参加社交活动时又在烦恼着什么时候才能回家。

我们总是生活在等待的日子里，我们着急地迎来周末、假期、孩子长大、年老退休。等我们老时，我们对自己说："现在我已是等死的人了。"

我们一刻也不停地忙着。我们对堵车的马路乱骂脏话；我们在超市中像没头苍蝇到处乱碰；我们对着电视不停地调换频道；我们一个劲儿地催促孩子快点。也许是我们毁坏了宇宙，宇宙就用时间来控制我们？

梭罗说："我可以杀死时间，并且以后不会有任何不良反应。"我们在"杀"时间，这曾经是无所事事的说法，但现在我们是真的在摧毁我们的

时间。我们把自己的时间花在杀死灵性、杀死享受愉悦的能力上。我们过于以自我为中心，以为创立了人类有史以来一个最佳的文明，但我们根本没有时间享受，这同浮士德与魔鬼交换条件有什么区别呢？

我们之所以总是更喜欢观看"流星雨"，是因为我们总是担心时间不够，就像我们总是觉得钱不够一样。其实，学习享受已经拥有的时间与观赏每天都会出现的星星一样，这才是我们最重要的一课……

丽莎·普兰特（美国）

★★★心灵感悟

人生是一个漫长却又短暂的过程，它需要我们一步一步慢慢去体悟去开拓，然而，大多数人在这一过程中都显得步履匆匆，着急地迎来周末、假期、孩子长大、年老退休……唯独忘却了重要的今天，即生活的此刻，要知道只有把握住生活的此刻，才能迎来美好的明天。

♀历史名人志

奥古斯特·罗丹（Auguste Rodin 1840—1917 年），法国著名雕塑家。他 14 岁随荷拉斯·勒考克（Lecongde Boisbaudran）学画，后又随巴耶学雕塑，并当过加里埃·贝勒斯（Carrier·Belleuse）的助手，去比利时布鲁塞尔创作装饰雕塑五年。1875 年游意大利，深受米开朗基罗作品的启发，从而确立了现实主义的创作手法。罗丹在欧洲雕塑史上的地位，正如诗人但丁在欧洲文坛上的地位。罗丹和他的两个学生马约尔和布德尔，被誉为欧洲雕刻"三大支柱"。

♂心灵格言：使时间充实就是幸福。

——爱默生

让今天更有价值

写作关键词　坦然直面、厄运、勇气、新的生命

写 作 论 点　1. 经历生死，方知生命可贵。

　　　　　　　2. 要坦然面对苦难，勇敢地奋起。

法国有一个普通公民，38 岁时患了癌症。

刚开始的时候，他觉得极其痛苦，甚至连自杀的念头都有过，但是没过多久，他慢慢平静了下来。他将"泪泉"变为"甘泉"，将"血雨"化成"春雨"，坦然直面从天而降的厄运。他看劳作的农夫，远方的落日；听树林的音响，鸟儿的鸣叫……大自然使他重新具有了生活的勇气。

在家庭聚会上，他对妻子和孩子们说："我要尽可能地活下去，从今天起认真接受化疗。我希望你们帮助我，让我能有勇气面对这个不治之症。虽然我们都不愿意死去，但也不要害怕死亡，我们仍可创造幸福美好的明天。"

他振作起精神，将自己的感受写成文章："过去，我诅咒怎么会有这样一个上帝，他竟然让如此痛苦的事情在我身上发生。而现在，我再也不会怨天尤人了。当我在夏夜里听到一个孩子的哭声，发现周围人们的善意，把手放在胸前感受心脏的跳动时，我知道，这就是生活。我知道自己非常幸运，有一个对我体贴入微的妻子，很多美妙的事情在我们之间发生，我们就是生活奇迹的一部分。"

后来，他组织了一个特殊的集会，商定 18 名癌症患者每月相聚一次，互相帮助摆脱心理上的阴影，愉快地去赢得新的生命。他们共同寻求解决问题的方法，尽可能争取多活些时间，他将这个机构定名为"让今天更有价值"。

★★★心灵感悟

　　软弱是灾难的翅膀，困厄中更需要奋斗，而且只有这种奋斗才会激发出比日常生活多出若干倍的生命力量。人的生命总是有限的，这是谁也改变不了的事实；在有限的生命里，又总会有各种遭遇。我们所能做到的便是：不怨天尤人，把每一天的日子都过成自己盛大的节日。

　　♀**开心直通车**

儿子："爸爸，有个顾客问我们卖的衬衫缩不缩水。"

父亲："他挑的那件衬衫合身吗？"

儿子："不，大了点。"

父亲："那你告诉他，衬衫缩水。"

　　♂**心灵格言：** 哪怕是自己的一点小小的克制，也会使人变得强而有力。

——高尔基

🍁 你之所有，别人之所羡

写作关键词　再活一次、选择、一切照旧

写作论点　1. 不要羡慕别人，做好自己最重要。

　　　　　　2. 人生不可能再活一次，要珍惜现在。

　　一天，上帝酒足饭饱之后，突发奇想："假如让现在世界上每一位生存者都有选择再活一次的机会，他们会怎样选择呢？"于是，上帝给世界众生发一答卷，让大家填写，来进行调查。

　　答卷收回后，上帝大吃一惊，真没想到他们会如此回答。

　　猫："假如让我再活一次，我要做一只鼠。我偷吃主人一条鱼，会被主人打个半死，老鼠呢，可以在厨房翻箱倒柜，大吃大喝，人们对它也无可奈何。

鼠："假如让我再活一次，我要做一只猫，吃皇粮，拿官饷，从生到死由主人供养，时不时还有我们的同类给他送鱼送虾，很自在。"

猪："假如让我再活一次，我要当一头牛。生活虽然苦点，但名声好，我们似乎是傻瓜懒蛋的象征，连骂人也都要说蠢猪。"

牛："假如让我再活一次，我愿做一头猪。我吃的是草，挤的是奶，干的是力气活，有谁给我评过功，发过奖？做猪多快活，吃了睡，睡了吃，肥头大耳，生活赛过神仙。"

鹰："假如让我再活一次，我愿做一只鸡，渴有水，饿有米，住有房，还受主人保护。我们呢，一年四季漂泊在外，风吹雨淋，还要时刻提防冷枪暗箭，活得多累呀！"

鸡："假如让我再活一次，我愿做一只鹰，可以翱翔天空，任意捕兔捉鸡。而我们除了下蛋之外，每天还胆战心惊，怕被捉被宰，惶惶不可终日。"

蛇："假如让我再活一次，我愿做一只青蛙，处处受人类保护。我们呢，走到哪里，都要遭人毒打，还要吃我们的肉，活着有啥意思。"

青蛙："假如让我再活一次，我愿做一条蛇，人见人怕，躲得远远的。我们呢，本来登不得大雅之堂，现在倒好，却被人们想着法子吃，大型宴会、酒席、饭店、餐馆处处可见。"

最有意思的是人的答卷，男人一律填写为："假如让我再活一次，我要做一个女人，上电视、登报刊、做广告、印挂历，多风光！即使是一个无业青年，只要长得靓，一阵银铃般的笑声，一句嗲声嗲气的撒娇，一个朦胧的眼神，都能让那些正襟危坐的大款们神魂颠倒。"

女人的答卷一律填写为："假如让我再活一次，我一定要做个男人，经常出入酒吧、餐馆、舞厅，不做家务，还摆大男子主义，多潇洒！"

上帝看完，气不打一处来，"哧哧"把所有答卷全都撕得粉碎，厉声喝道："一切照旧！"

★★★心灵感悟

人们总是羡慕别人的生活，却不珍惜自己所拥有的一切。这就是产生不知足、不快乐的心理的症结所在。不要比较，时常想想自己所拥有的一切，也会会心一笑。拥有好心情、好身体，就可以追求渴望的一切幸福。

♀健康好医生

有些人喜欢在牛奶中添加米汤、稀饭，认为这样做可以使营养互补。其实这种做法很不科学。牛奶中含有维生素 A，而米汤和稀饭主要以淀粉为主，它们中含有脂肪氧化酶，会破坏维生素 A。孩子特别是婴幼儿，如果摄取维生素 A 不足，会使婴幼儿发育迟缓，体弱多病。所以，即便是为了补充营养，也要将两者分开食用。

♂心灵格言：从希望中得到欢乐，在苦难中保持坚韧。

——肯尼迪

美妙的大自然

写作关键词 绝望、生机勃勃、振作
写 作 论 点 只要保持积极乐观的态度，你就会再次获得成功。

有一个富翁，由于一时不慎，破产了。想想以前，自己是多么的风光，要什么有什么，而现在呢，这些最多只不过是一场梦。他感到非常绝望，想到了死。

那天早晨，他站在自家别墅的楼顶上，在结束自己的生命之前，他想好好看看这个世界。突然，一只小鸟映入了他的眼帘，只见它唱着欢快的歌儿，从一棵树上飞到了另一棵树，远处羞涩的太阳刚刚探出个头来，霞光辉映着眼前的一切，生机勃勃……

富翁最终选择了生存，因为他忽然发现，原来世界是非常美好的。他振作起来，一切重新开始，经过几年的拼搏，他又获得了成功。

在以后的日子里，他每天都会早早起床，凝视着窗外那美妙的大自然。

★★★心灵感悟

生活对每个人都是公平的，即使你一无所有，但每一天的日升日落同样为你呈现，美好的时光同样属于你。只要你还有一颗积极的心，这一切就都是你的，你一样有成功的希望。

♀学习指南针

一口吃不成胖子！不要总想着把所有问题一气解决，结果自己反而累得趴下了。不妨把大问题拆成若干个小问题，一样一样地做，时不时休息一下，这样，既保持了体力，又能提高学习效率，还能加快学习进度。

☪心灵格言：一个人也许会相信许多废话，却依然能以一种合理而快乐的方式安排他的日常工作。

——诺曼·道格拉斯

窗外的天空很蓝

写作关键词 孤寂、焦躁、豁达、高远、活力

写作论点 1. 人生态度决定人生质量。

2. 做事态度决定成就的大小。

比尔大学毕业后，应征入伍，被派遣到美国海军第七陆战队第五特遣队。

就在比尔兴冲冲地前去报到后一周，还没等他充分欣赏和享受加州那迷人的海滩、和煦的阳光，他所在的部队便奉命开赴沙漠地区，进行野外生存训练。

对比尔来说，这次训练既令他兴奋又令他紧张。兴奋的是可以领略沙漠美丽的风光，紧张的是他不知道即将开始的是一种什么样的生活。然

而，初见广袤沙漠的喜悦和兴奋，也就在他的内心停留了那么两三天，便被严酷的生存训练课所吞噬。

比尔躺在自己挖的沙窝里，一分一秒地忍受着耐力训练给他带来的孤寂与焦躁。他想找个人聊一聊，可他离最近的列兵约翰也有30米远，他们无法交谈；他想睡一会儿，可又怕毒蛇和沙暴的突然袭击。他只感觉眼前漫天的黄沙仿佛是一台榨油机，正一点一点将他内心的那份坚强与自信榨干。

然而，这一切只是他们这次训练的开始。

就在他来到沙漠的第 15 天后，他给他的父亲———一位陆军将军写了封信，希望父亲能利用他在军界的关系将他调离特遣队。

之后，等待便成了他每日军营生活中唯一的希望。

一周后，他接到了父亲的来信，父亲在信中只给他讲了这样一个故事：

那是在第二次世界大战时，在纳粹的奥斯维辛集中营的一间狭窄的囚室里关着两个人，他们唯一能了解世界的地方，是囚室里那扇一尺见方的窗口。

每天早上，他俩都要轮流去窗口眺望外面的世界。

一个人总爱看窗外的天空，看蓝色天空中的小鸟自由地翱翔；另一个人却总是关注高墙和铁丝网。前者的内心豁达而高远，后者的心里却充满了焦躁与恐惧。

半年后，后者因忧郁死在狱中；前者却坚强地活了下来，直到获救。

同样的环境为什么孕育了两种不同的人生态度，还有什么事情比一个人每天努力地活下去更了不起呢？还有什么能够比一个人每天早上醒来，看见早上的阳光、蓝天，更令人愉快呢？如此一想，比尔的心窗豁然亮了。

接下来的训练中比尔的内心仿佛又充满了活力，他没有辜负父亲的用心，并在那次艰苦的训练中，因表现出色而获得嘉奖。

（高 兴）

★★★心灵感悟

人生会经历许多艰难险阻，它漫长而且让人难以忍受。人对生命的态度决定了人的生存质量。生命如河流，如大山，我们敬畏生命，但我们并不惧怕生命的挑战。因为这个世界上没有比脚更长的路，没有比人更高的山。

♀趣味小知识

沙漠是地球上干旱地区的一种景观。传统的观点认为，沙漠是地球上干旱气候的产物。从地球上沙漠的分布来看，也证明了这个观点。目前地球上大部分沙漠都集中在赤道南北纬15°至35°之间。如北非的撒哈拉大沙漠、澳大利亚的维多利亚大沙漠等，这是因为地球自转使得这些地带长期笼罩在大气环流下沉气流之中，下沉气流破坏了成雨过程，形成干旱气候，造成了茫茫的大沙漠。

♂心灵格言： 没有哪一个聪明人会否定痛苦与忧愁的锻炼价值。

——赫胥黎

活得简单一些

写作关键词 活得简单、为难自己、安乐生活
写 作 论 点 简单的生活才是最快乐的。

曾经，一位少年问一位智者："我怎样才能获得快乐？"

"简化你的生活！"智者回答说。

少年懵懂，智者又进一步解释说："要想人生过得快乐，不妨活得简单一些。"

再多的财富，再大的名望，都是人生百年，都是"一日三餐加一觉"。何必要为难自己，何不让自己活得简单一些？

有位著名专家，是自己所从事的那个领域里的顶尖人物，是一面旗帜，在国内外都具有广泛的影响。他所在的单位，凡是需要在外人面前炫

耀本单位的研究成果时，总要亮出他这面大旗。

一次，单位里盖了一幢专家楼，地理位置非常好，面积大，设施全，售价只是象征性地收取一点建材费，但条件是只售给那些在国内外学术界具有影响力、对单位贡献大的专家。

论资历、论贡献、论学术水平，这位专家完全有条件入住，但他却谢绝了。不是他交不起那一点点费用，也不是他已经住在了豪华、舒适的别墅里。

因此，他的行为令许多人不解。

一位和专家邻里多年的老邻居问："放着那么好的房子为啥不住？"

专家反问对方："我在这儿住得好好的，为什么要搬过去呢？"

★★★心灵感悟

> 真正的智者知道什么是生活的真谛，从而摒弃许多人盲目追求的金钱、地位等生命的附庸之物。并满足于当下平实的生活，而不羡慕外界的浮华。

♀生活小帮手

羊毛的保温作用。

三届皮划艇冠军陶·巴曼说："当我在那些冰冷的水中划桨时，身上穿了三件羊毛衫，里面最薄，中间的稍微厚点，最外面的有防水功能。羊毛的好处在于它不像棉会吸汗，因此有保温的效果。"所以，在寒冷的季节运动时，不妨穿上一件羊毛衫。

♂心灵格言：各人有各人理想的乐园，有自己所乐于安享的世界，朝自己所乐于追求的方向去追求，就是你一生的道路，不必抱怨环境，也无须艳羡别人。

——罗曼·罗兰

留意身边的风景

写作关键词　向往对岸、怀念从前、无所适从
写作论点　珍惜现在，你才能找到生活真正的美丽所在。

一条河隔开了两岸，此岸住着凡夫俗子，彼岸住着僧人。凡夫俗子们看到僧人们每天无忧无虑，只是诵经撞钟，十分羡慕他们；僧人们看到凡夫俗子每天日出而作，日落而息，也十分向往那样的生活。日子久了，他们都各自在心中渴望着：到对岸去。

终于有一天，凡夫俗子们和僧人们达成了协议。于是，凡夫俗子们过起了僧人的生活，僧人们过上了凡夫俗子的日子。

没过多久，成了僧人的凡夫俗子们就发现，原来僧人的日子并不好过，悠闲自在的日子只会让他们感到无所适从，便又怀念起以前当凡夫俗子的生活来。

成了凡夫俗子的僧人们也体会到，他们根本无法忍受世间的种种烦恼、辛劳、困惑，于是也想起做和尚的种种好处。

又过了一段日子，他们各自心中又开始渴望着：到对岸去。

★★★心灵感悟

人就是这样，拥有好的，还想要更好的。似乎从某种角度看，可以理解，谁都有猎奇心理：没见过的、没吃过的、没尝过的，总觉得是最好的，别人的东西永远比自己的好，觉得最合适的人永远是"下一个"。事实果真如此吗？请留意身边吧，也许最美的风景就在这儿。

♀开心直通车

四位绅士聚在一起赌钱。开赌前，他们对约翰说："你去瞧瞧门外有没有警察。"

约翰去了整整十分钟，才气喘吁吁地跑进来说："门外没有警察，所以我特地去局里喊来一个！"

ᕙ**心灵格言**：生活得最有意义的人，并不就是年岁活得最大的人，而是对生活最有感受的人。

——卢梭

🍁 生存还是毁灭

写作关键词 麻木、兴趣、热情充实
写 作 论 点 1. 要充满热情地生活。
2. 要热爱生活中的一切。

"生存还是毁灭。"出自《圣经》的这 6 个字在文学界可谓赫赫有名。哈姆雷特自言自语地说出了这 6 个字，从此它们成为莎士比亚作品中最著名的台词，因为哈姆雷特不仅道出了自己的想法，也道出了世间千万人的心声。生存还是毁灭，生活还是放弃，是热情充实地活着还是枯燥乏味地存在。一位哲学家曾问自己是否活着，我们每个人也应不时地这样问问自己。这位哲学家用一句谚语做了回答："我思，故我在。"

然而，对于生存，我所知道的最佳定义却是出自另一位哲学家之口："生存就是联系。"如果这是事实，那么一个生命体拥有越多的联系，就越具生机。也就是说，只有扩大和加强我们的各种联系，我们才能生活得丰富充实。但陷入陈规旧套之中的我们，天资还不够丰厚。除了正常的工作外，我们有多少生活的时间呢？如果你只对正常的工作感兴趣，那你生活的范围也就仅仅局限于此。因此，在其他相关方面——如诗歌、散文、音乐、美术、运动、无私的友谊、政治、国际事务等——你已经麻木了。

反之，每当你获得一种兴趣——甚至是一种新的技艺——你生活的能力也会有所提高，这是千真万确的。一个对多种事物都深感兴趣的人总会是快乐的，只有那些失去兴趣的人才是真正的悲观者。

培根说过，对人而言，失去朋友就意味着死亡。通过结交新的朋友，我们能获得新生。这个道理对活着的人而言是千真万确的，但却不适用于活跃的思维。你的思维所在也就是你的生命所在。如果你的思维仅仅被局限于事业范围、物质利益、或所在城镇的狭隘生活圈，那你一生的生活都是狭隘局限的。但如果你对中国当下发生的事感兴趣，那你就活在中国；如果你对一本绝妙小说中的角色感兴趣，那你就生活在这些非常有趣的人物中间；如果你集中精力聆听优美的音乐，那你将会从周围环境中超脱，活在一个充满热情和想象的世界中。

生存还是毁灭——热情充实地生活，还是仅仅存在于世上，完全取决于我们自己。让我们的各种联系更加宽广稳固。只要我们活着，就要生活！

★★★心灵感悟

既然你活着，那就要好好地活。生存还是毁灭，根本不是一个问题。为了爱你和关心你的人们，好好活着，活出个样来就是对他们最好的回报，也是给自己最好的生命礼物。热情充实地生活，还是仅仅存在于世上，完全取决于我们自己。

♀历史名人志

威廉·莎士比亚（W. William Shakespeare；1564—1616）英国文艺复兴时期伟大的剧作家、诗人，欧洲文艺复兴时期人文主义文学的集大成者，代表作有四大悲剧《哈姆雷特》《奥赛罗》《李尔王》《麦克白》。四大喜剧《第十二夜》《仲夏夜之梦》《威尼斯商人》《无事生非》。历史剧《亨利四世》《亨利五世》《理查二世》等。

♂心灵格言：上帝是公平的，掌握命运的人永远站在天平的两端，被命运掌握的人仅仅只明白上帝赐给他命运！

——莎士比亚

人生的真谛

写作关键词 回头路、第二次选择、游戏规则

写作论点 1. 人生只有一次，要好好珍惜。

2. 要牢牢抓住美好的今天。

很久以前，苏格拉底的几个学生向老师请教人生的真谛。

充满智慧的苏格拉底把他们带到麦田边，此时正是谷物成熟的季节，田地里到处都是沉甸甸的麦穗。

"你们各自顺着一行麦田从这头走到那头，每人摘一枚自己认为是最大的最好的麦穗。不许走回头路，不许做第二次选择。"苏格拉底神秘莫测地说。

学生们到达麦田的另一端时，老师已在那里等候着他们。

"你们是否都完成了自己的选择？"苏格拉底问。

学生们你看着我，我看着你，都不回答。

"怎么啦？孩子们，你们对自己的选择满意吗？"苏格拉底再次问。

"老师，让我再选择一次吧！"一个学生请求说，"我走进麦田时，就发现了一个很大很好的麦穗，但是，还想找一个更大更好的。当我走到最后，却发现第一次看见的那枚麦穗就是最大的。"

另一个学生紧接着说："我和他恰巧相反，走进麦田不久就摘下了我认为最大最好的麦穗，可是以后我发现，麦田里比我摘下的这个更大更好的麦穗多的是。老师，请让我也再选择一次吧！"

"老师，让我们都再选择一次吧！"其他学生一起请求。

苏格拉底坚定地摇了摇头："孩子们，没有第二次选择，这是游戏规则。"

★★★心灵感悟

你也有过这种感觉吧？当做完了一件后悔的事后，你才明白自己错了；当你选择了走一条路后，才发现南辕北辙了。既然人生从来都不可能有回头路，没有第二次选择的机会，那么对于那些做过的、选择过的都抱着无怨无悔的态度待之吧。比起整日沉湎于自怜的深渊里，把生活改造得更美好岂不更重要？所以，请不要再沉溺在回味过去的泥潭里了！要知道，人活着需要向前看，抓住现在才能铸就美好的明天！

♀趣味小知识

我国古代的麦主要指小麦，并非中国原产，而是由西方引进的。植物遗传学和考古学研究表明栽培小麦起源于西亚。黄河流域虽有小麦的亲缘植物小麦草的分布，但迄今未发现野生的二粒小麦。中原数以千计的新石器时代遗址中也未发现麦作遗存。中国禾本科作物，唯"麦"字从"来"；禾麦并称，禾类不包括麦。这些都表明麦是引进的外来作物。我国迄今最早的麦作遗存发现于新疆孔雀河畔的古墓沟墓地中，距今约3800年。

♂**心灵格言：**生命是一去不复返的！眼前保得了的切莫要放手；一放手，你就永远找不回来，死使你变成空人，就像那些树木落掉叶子后的空枝一样；终于愈来愈空，连你自己也凋谢了，也落了下来。

——高尔斯华绥

不犹豫不后悔

写作关键词　抉择、无法取舍、悔恨

写作论点　1. 宝贵的人生经验来源于实践。

　　　　　　2. 要勇敢去做自己想做的事情。

印度有一位哲学家，饱读经书，富有才情，很多女人迷恋他。一天，一个女子来敲他的门，说："让我做你的妻子吧！错过我，你将再也找不

到比我更爱你的女人了！"哲学家虽然也很喜欢她，却回答说："让我考虑考虑！"

哲学家用一贯研究学问的精神，将结婚和不结婚的好坏所在分别罗列下来，却发现两种选择好坏均等，真不知该怎么办。于是，他陷入长期的苦恼之中，无论找出什么新的理由，都只是徒增选择的困难。

最后，他得出一个结论——人若在面临抉择而无法取舍的时候，应该选择自己尚未经历过的那一个。不结婚的处境我是清楚的，但结婚会是个怎样的情况，我还不知道。对！我该答应那个女人的央求。

哲学家来到女人的家中，问女人的父亲："你的女儿呢？请你告诉她，我考虑清楚了，我决定娶她为妻！"女人的父亲冷漠地回答："你来晚了10年，我女儿现在已经是3个孩子的妈了！"

哲学家听了，几乎崩溃。他万万没有想到，自己向来引以为傲的哲学头脑，最后换来的竟然是一场悔恨。两年后，哲学家抑郁成疾。

临终，他将自己所有的著作丢入火堆，只留下一句对人生的批注——如果将人生一分为二，那么我们前半段人生哲学应该是"不犹豫"，而后半段的人生哲学应该是"不后悔"。

★★★心灵感悟

人生是短暂的，犹豫会浪费许多宝贵的光阴，人生有许多事情值得我们去做，何必把时间浪费在后悔上？不犹豫、不后悔才是明智之举。

♀开心直通车

部队驻扎在北极圈内。"根本不算冷，"一个老兵说，"我在阿拉斯加待过，那地方才冷呢！连炉子里的火都冻住了，怎么吹也吹不灭。"

"这算什么！"另一个老兵不服气，"在我待过的一个地方，在讲话时，话一出口就冻住了！这样一来，我们只得把冰冻单词放在开水里融化，才能理解命令！"

♂心灵格言：生命，只要你充分利用，它便是长久的。

——塞内加

最本质的出发点

写作关键词　家的感觉、怀旧、沉静、美好

写作论点　1. 家是一切幸福的根源。

　　　　　　　2. 人要懂得珍惜家庭，爱护家庭。

马克·阿比恩，美国哈佛大学商学院著名教授，《财富》500 强企业咨询顾问，卓有成效的实业家。他创办了生涯管理事业，出版的通讯《创造生活》在 87 个国家拥有数百万企业主管读者，被誉为"商学院的灵魂拯救者"、"企业家的精神导师"，因而经常被邀请给一些大公司的高级主管上企业经营管理课。

每一次上课，他总是这样开始：给大家 15 分钟时间，让每个人画出他们小时候家的样子。一开始许多人会犹豫，说他们小时候经常搬家，所以不晓得哪间房子才是家。于是阿比恩教授耐心地启发引导，让每个人仔细想想，好好回忆，用心揣摩那种真正的家的感觉……慢慢地，所有的人都放松下来，开始动笔。往往，预定的 15 分钟总是延长为 30 分钟，很多人眼里闪烁着泪花，还有人离开座位到盥洗室，空气中充满了怀旧的情绪，所有的人都深受感动……

然后，阿比恩教授说："小事可以用头脑决定，但大事应该用心决定。现在，我们通过想家而到达了自己的内心，伪装已经去除，可以开始谈生活和工作中的大事了！"

于是管理课开始。这是一个令很多人终生难忘的引导，充满着爱、智慧、创意和穿透力。那些身居要职、日理万机的高级主管，总是忙，忙得连家都顾不上想！可以想象他们在教授的启发引导下想到家的感觉：那是生命旅程开始的地方；那里有亲人，有爱，有温馨，有分享，有关于生命的最本质、最纯真、最诚恳的目标与坚持。想起家，他们或许会更加深入地去思考：我是谁？我从哪里来？我要到哪里去？什么对我最重要？我这

样投入工作的意义何在？不由自主地，他们的思想会沉静下来，心会柔软起来：我们所有的努力难道不是为了使自己和家人生活得更美好吗？我们全力以赴地奋斗难道不是为了使千家万户生活得更美好吗？我们做到了吗？怎样才能做得更好？这就是每个人内心最初的出发点，自然纯真，诚恳真挚，用这样的心来规划管理生活和工作，一定能够走向美好！小事用脑决定，大事用心决定！在漫长的生命旅途中，我们不妨给自己留出空闲，想想家，想想自己最本质的出发点，这样才不会迷失方向，才能让生活更加美好！

★★★心灵感悟

　　你勤劳的生活到底是为了什么？只有明确了自己生活的目的，找到生活最本质的出发点，你才不会将注意力偏离你的目标，你才能全力以赴地为美好生活而去打拼，你才能够走向美好，而不至于迷失了方向。

　　♀**趣味小知识**

　　《财富》由美国人亨利·鲁斯创办于 1930 年，是世界上较有影响力的商业杂志之一。现属时代华纳旗下的时代公司。《财富》杂志自 1954 年推出全球 500 强排行榜，历来都成为经济界关注的焦点，影响巨大。《财富》杂志举办了一系列引人注目的财经论坛，如著名的《财富》全球论坛，即世界 500 强年会便是其中之一。《财富》全球论坛开始于 1995 年，其中 1999 年、2001 年和 2005 年年会分别在中国的上海、香港和北京举办。

　　♂**心灵格言**：幸福就像夕阳。人人都可以看见，但多数人的眼睛却望向别的地方，因而错过了机会。

——马克·吐温

2.体会耕云与收获的幸福

为自己的梦想打工

写作关键词 寻找机遇、为梦想打工、委以重任

写 作 论 点 1. 要时刻保持学习的状态，才能进步。

　　　　　　　2. 人要努力实现自己的人生价值。

　　在一个一贫如洗的美国乡村家庭，齐瓦勃出生了。由于贫困，他没能上多少学。15岁的时候，齐瓦勃就做了一名山村马夫。尽管如此，渴望成功的雄心却推动着他时刻寻找着新的机遇。

　　几年过后，齐瓦勃得到了一份在建筑工地的工作。这个工地属于当时的钢铁大王卡内基。自从踏入工地的那一天起，齐瓦勃就坚定地对自己说："我一定要成为最优秀的工人！"当工友们诅咒繁重的劳动、抱怨微薄的收入时，他默默地积累着工作经验，专心地自学建筑知识。

　　一天夜里，公司经理到工地检查。他发现除了齐瓦勃躲在角落里看书之外，其他工人们都在闲聊。经理瞧了瞧齐瓦勃手中的书，又翻了翻他的笔记，什么话也没说就走了。

　　第二天，齐瓦勃被叫到经理的办公室。"你为什么要学那些东西？"经理问。

　　"因为我发现公司里全是打工者，但紧缺既有专业知识又懂实践工作的管理人员或技术人员。他们才是公司真正的需要，对吗？"齐瓦勃认真地回答。

　　经理心中暗吃一惊，不由得用赞许的眼神重新审视起眼前的这个年轻人。

　　没过多久，齐瓦勃就被晋升为技师。面对工友中一些人嫉妒的言语，他很坦然："我打工不是单纯为了挣钱，或者是讨好老板，我是在为自己的梦想打工，为自己远大的前程打工。我们都必须在辛勤的劳动中提升自己的业绩，让自己的价值远远高于自己拿到的薪水！只有这样，才能被委

以重任，才能得到发展。"

★★★心灵感悟

我们不光是在为老板打工，更不单纯为了赚钱，我们是在为自己的梦想打工，为自己的远大前途打工。我们只能在业绩中提升自己。我们要使自己工作所产生的价值，远远超过所得的薪水，只有这样我们才能得到重用，才能获得机遇！

♀趣味小知识

如果你不小心吃了鲜红鲜红的蘑菇、没炒熟的四季豆角，就准备催吐吧。但是还是有很多人用手指头在喉咙掏半天也吐不出来，没关系，可以在去看大夫之前喝一点肥皂水，这种东西可以让你吐得连孕妇都自愧不如。

♂心灵格言：一个能思想的人，才真是一个力量无边的人。

——巴尔扎克

夸父逐日

写作关键词　谜团、奔跑、气喘吁吁、渴望

写作论点　1. 朝着梦想，我们要勇敢去追。

　　　　　　2. 实现梦想就不要怕失败。

传说在远古时代，有一座巍峨雄伟的载天山，山上住着一个巨人叫夸父。

太阳是神圣的，它每天清晨都从地平线上升起，夜晚又降落在遥远的西方。它温暖而明亮，照耀着大地万物。但它又那么可望而不可及，白天总是高高地悬挂在天上，到了晚上便不知躲到哪里昏睡。"太阳在天空中只是那么一点儿，为什么竟有那么大的能量？""它发出的光来自哪里？""它居住在什么地方？"……一连串的疑问搅成了一个巨大的谜团，困扰着

夸父。

"看来要解开这个谜团只有走到太阳的身边才行。"夸父这样想着,于是,他产生了追上太阳的念头。

第二天早上,夸父就开始朝着太阳升起的方向出发了,这一走就是一整天。到了黄昏,他又朝着太阳落下的方向走。他明明看见太阳降落在前面某座大山的背后了,但走过去一看,根本就没有太阳的影子。

"太阳你究竟在哪里,你什么时候才会停歇?"夸父沉思冥想,慢慢地他懂得了太阳是永远不会停歇的,它总是在运动;太阳也没有家,天地之间的任何地方都是太阳居住的场所;而自己只有拥有像太阳一样的速度,才能靠近太阳。

于是,夸父开始练习奔跑。开始时他跑得很慢,跑一会儿就开始气喘吁吁了,但他咬着牙,拄着手杖继续往前跑,实在跑不动了才躺在地上歇一会儿,歇完起来再跑。就这样,夸父越跑越快。几年之后,他的奔跑速度就赶上了野兽。又过了几年,他的速度已能赶上空中的飞鸟了。这回夸父觉得信心十足了。他决心追上太阳,看一下太阳的庐山真面目。

这一天天不亮,夸父就起来了,吃饱了饭,喝足了水,他拎起了平常随身携带的手杖,静静地等待着太阳升起。此刻外面一片漆黑,太阳还没有露头呢。

不久,天边露出了鱼肚白,太阳就要出现在那里了!夸父急不可待地朝着天边奔去。他的速度不断地加快,如一团风、一束光。他一步步地靠近太阳,最后整个人都融入了太阳那火红的光芒之中。

夸父的视野里只剩下了红的光和烈的火。

啊,原来太阳是这样的!它既不与人一样,也不同于一般的物。太阳是一个世界,充满光与火、热与血,无边无际。"那这样的世界又是谁创造的呢?"此时,夸父感觉灼热难忍,口渴难耐,就想先喝口水再来寻找这个问题的答案。

夸父跑到了河渭,河渭之水浩浩荡荡,他一饮而尽,但还是觉得口渴。

于是,他又向北边的大泽奔去。他跑啊跑啊,渐渐地双腿开始不听使唤了,胸腔里似乎有团火在燃烧。他支撑不住了,头晕目眩,只觉得眼前的世界在杂乱地翻转。

"啊,太阳,我终于靠近你了!就让我永远与你在一起吧,我要认真地把你探索!"夸父虚弱而又欣喜地表达着内心的渴望,说完便"扑通"一声倒下了,倒在了太阳火红的光芒之中。

夸父死后,他的身体变成了一座大山,这就是传说中的"夸父山"。夸父死时扔下的手杖,也变成了一片茂盛的桃林。

★★★心灵感悟

如果夸父当年没有行动的目标,恐怕如今也不会流传下"夸父逐日"的神话传说了。目标是指引人们前进的航标,也是一个人能否取得成就的关键因素。目标清晰才会使人胸怀远大的抱负;目标会在失败时赋予人们不断去尝试的勇气;目标会使人不断向前奋进;目标会使人避免倒退,不再为过去担忧;目标会使理想中的"我"与现实中的"我"实现统一。

♀文化资料库

《夸父逐日》的故事出于先秦古籍《山海经》。《山海经》是一部富于神话传说的最古老的地理书,它主要记述古代地理、物产、神话、巫术、宗教等,也包括古史、医药、民俗、民族等方面的内容。除此之外,《山海经》还以流水账方式记载了一些奇怪的事件,对这些事件至今仍然存在较大的争议。

♂**心灵格言:** 支配战士行动的力量是信仰。他能够忍受一切艰难、痛苦,而达到他所选定的目标。

——巴金

每天让自己睡个安心觉

写作关键词　井井有条、不紧不慢、做准备

写 作 论 点　1. 有准备的人能从容面对一切困难。

　　　　　　　2. 做任何事都要做好准备。

　　在离海岸线不远的地方，有一个农庄，它的主人叫汤姆。汤姆总是不断地张贴雇用人手的广告，可还是很少有人愿意到他的农场工作，因为海上的风暴总是摧毁沿岸的建筑和庄稼。无疑，选择到这里来工作是一件很辛苦的事情。

　　直到有一天，一个又矮又瘦的年轻人找到汤姆要求应聘。

　　"你会是一个好帮手吗？农场的工作可是又累又苦的。"汤姆问他。

　　"这么说吧，即使是飓风来了，我都可以睡着。"年轻人平静地回答。

　　虽然这听上去有点狂妄，汤姆心里也有点怀疑，但是汤姆还是雇用了这位年轻人，因为他太需要人手了。

　　新来的年轻人把农场打理得井井有条，每天从早忙到晚，令汤姆十分满意。

　　不久后的一天晚上，狂风大作，汤姆跳下床，抓起一盏提灯，急急忙忙地跑到隔壁年轻人睡觉的地方，他使劲摇晃睡梦中的年轻人，并大叫道："快起来！暴风雨就要来了！在它卷走一切之前把东西都拴好！"

　　年轻人在床上不紧不慢地翻了个身，梦呓一样地说："不，先生。我告诉过你，当暴风雨来的时候，我也能睡着！"

　　汤姆被他的回答气坏了，真想当场就把他解雇了。

　　汤姆强压着心头的怒火，赶忙跑到外面，一个人为即将到来的暴风雨做准备。不过令汤姆吃惊的是，他发现所有的干草堆都早已被盖上了焦油防水布，牛在棚里，鸡在笼中，所有房间门窗紧闭，每件东西都被拴得结结实实，没有什么能被风吹走。

汤姆这时才真正明白年轻人的话是什么意思了。

★★★心灵感悟

无论我们付出的代价怎样沉重，无论我们因为错失机会多么遗憾，我们都无法挽回过去由于准备不足给我们带来的损失，唯一能做的也只有放眼未来、引以为戒。面对新的旅途，你准备好了吗？你真的准备好了吗？

♀成长好习惯

静坐，不仅能够使人的心灵得到净化，而且能够使人拥有一个健康的身体。最近的一些研究成果显示，有规律的静坐不但能缓解人的精神压力，而且还能有效地治疗心脏病、高血压、焦虑、沮丧、失眠、不孕等疾病。更为重要的是，静坐能够增强人的免疫力。

♂**心灵格言**：苦难显才华，好运隐天资。

——贺拉斯

主动创造自身价值

写作关键词　力不从心、扎实、骄傲自满、勤奋好学
写作论点　1. 只有不断学习才不会被淘汰。
　　　　　　2. 学习可以提高人的生存能力。

大学毕业后，沈飞和四五个大学生一起被分配到了一家机械厂。他们几乎都没经过什么技术培训，就被分到了各个部门，担任基层管理人员。

由于不懂生产、不熟悉工艺流程，课堂上所学的专业知识与实际操作又相差太远，他们几个在管理上明显感到力不从心。这时候，沈飞主动向厂长提出申请：下车间做个普通工人。大家对此感到非常不理解，都说沈飞是个怪人。

到了制造车间的沈飞并不理会别人怎么说，全身心投入到工作之中。他努力钻研各项技术，熟悉每个工种。由于他勤学好问，大家都愿意教他，他很快就全面掌握了生产工艺，有了扎实的业务基础。两年后，沈飞升任车间主任。面对成功，他并没有骄傲自满，始终严把产品质量关。他所在车间的产品质量一直是最好的。

几年后，沈飞所在的工厂经营不景气，厂里决定实行承包制。沈飞承包了一个车间，由于他技术过硬，又勤奋好学，工人们都愿意跟他干。这时，沈飞又拿出钻研业务的劲头学习营销，并专门成立了一支优秀的销售队伍。由于产品质量好，营销策略得当，沈飞所在车间生产的产品很快打开了市场销路。到了年底，其他车间都出现了不同程度的亏损，只有沈飞承包的车间赢得了巨额利润。利润可以说明一切，不久，厂里决定把所有车间都承包给沈飞。沈飞一步步走向了成功，而当年和他一同进厂的大学生因为技术不过关，在科室人员精简时，一个下了岗，一个当了食堂管理员，一个当了门卫。

★★★心灵感悟

我们学习，是为了适应工作，然后我们从工作中发现自己的不足，又要及时去学习，完善自己。并不是出了学校我们就完成了学习的任务，学习，是为了能在实际操作中得以应用，只有边操作边学习，我们才能把理论和实际结合起来，才能发挥出最大的能力。

♀生活小帮手

如果你送给朋友的礼物还没有贵到让你舍不得撕下价格标签的程度，可以考虑用吹风机帮你解决问题。这样加热过后的卷标可以很轻松地被剥离，而不会像平常那样留下黑糊糊的一摊污渍！

♂**心灵格言：**谁要游戏人生，他就一事无成；谁不能主宰自己，永远是一个奴隶。

——歌德

安徒生的梦想

写作关键词　相依为命、满怀希望、坚持、出乎意料

写 作 论 点　1. 坚持自己的梦想就一定会实现。

　　　　　　　　2. 人因梦想而伟大。

在安徒生很小的时候他的父亲就去世了，留下他和母亲相依为命。

有一天，他和一群小孩儿获邀到皇宫里去晋见王子，请求赏赐。他满怀希望地唱歌、朗诵剧本，希望他的表现能获得王子的赞赏。

等到表演完后，王子和蔼地问他："你有什么需要我帮助的吗？"

安徒生自信地说："我想写剧本，并在皇家剧院演出。"

王子把眼前这个有着小丑般大鼻子和一双忧郁眼神的笨拙男孩从头到脚看了一遍，对他说："背诵剧本是一回事，写剧本则是另外一回事，我劝你还是去学一项有用的手艺吧！"

但是，安徒生相信自己的能力，相信自己一定能够成就自己所说的话。他回家后，不但没有去学糊口的手艺，而且还打破了他的存钱罐，向妈妈道别，到哥本哈根去追寻他的梦想了。他在哥本哈根流浪，敲过所有哥本哈根贵族家的门，虽然他屡次被拒绝，但是，他从未想到过退却。他一直坚持写史诗、爱情小说，尽管未能引起人们的注意，他也伤心过，但他告诉自己：我相信自己能够成功，即使有再多的困难，我仍旧要坚持写下去！他做到了。

1825 年，安徒生随意写的几篇童话故事，出乎意料地引来了儿童的争相阅读，许多读者还渴望他的新作品能够发表，这一年，他 30 岁。

直至今天，《皇帝的新装》《丑小鸭》等许多安徒生所写的童话故事还在陪伴着世界各国的儿童健康地成长。

★★★心灵感悟

曾经我们也有过自己的梦想，但当遇到许多的否定与怀疑时，我们不再相信自己的能力，所以一场仗还没开始打，我们就放弃了。如果我们能够像安徒生一样多一点自信与执著，相信自己能梦想成真，我们才有成功的可能，别人也才可能相信你，并给予肯定与鼓励。

♀历史名人志

安徒生（1805—1875），丹麦作家，诗人，因童话故事而闻名世界。他最著名的童话故事有《坚定的锡兵》、《拇指姑娘》、《卖火柴的小女孩》、《丑小鸭》和《红鞋》等。安徒生生前曾得到皇家的致敬，并被高度赞扬为给全欧洲的一代孩子带来了欢乐。现如今，安徒生的作品已经被译为150多种语言，成千上万册的童话书在全球陆续发行出版。他的童话故事还激发了大量电影、舞台剧、芭蕾舞剧以及电影动画的制作。

♂心灵格言：正因为有了理想，生活才变得如此甜蜜；正因为有了理想，生命才显得如此宝贵。

——艾特玛托夫

98 岁上小学

写作关键词 历练、学习、乐观、自信
写作论点 1. 人生就是一个不断学习的过程。
　　　　　　2. 学习不分年龄大小。

在美国德克萨斯州有一位名叫乔治·道森的老人，他98岁才背起书包，一偿上学读书的凤愿，创下了世界上年纪最大的小学生纪录；4年过去了，102岁的他，出版了一部长篇小说《索古德的一生》，又成为世界上最老的处女作家。接受媒体访问时，这位百岁作家风趣地说，在美国，他的小说就像泡泡糖和街舞那样，可流行了。

"父亲教我避开烦恼，母亲要我正直做人，我从小就铭记在心。"百岁作家这样回忆着童年。1898年，乔治·道森出生于德克萨斯州马歇尔市的农奴家庭，4岁起就下田摘棉花，没机会上学的他把种种历练当做另一种形式的学习。

成家后，他常常"督促"6个子女做家庭作业，隐瞒自己不识字的事实，直到儿子当兵时才被发现，充分表现了他心里对不识字的遗憾。98岁那一年，因为一位扫盲教师米歇尔的误闯，开启了他上学的机缘。当米歇尔发现他是一位近百岁的老人，边道歉边退出乔治家门时，乔治却已经穿上外衣，兴致勃勃地要跟着他去上学了。

就这样乔治成了有记录以来最高龄的小学生，扫盲班的同学们起初张大嘴来迎接这位老同学，后来都被他的精神感动，全班没有一个人辍学。

乔治上学以后，在刊物上发表了一篇短文，引起西雅图一位小学教师理查德的注意，理查德鼓励乔治将他生动又富教育意义的故事写下来。完成长篇小说的乔治，如今住在用稿费翻修的屋子里。问起他的长寿秘诀，他会眯着眼睛说："乐观、饮食适量、不吸烟，最重要的是从不丧失信心。"

★★★心灵感悟

"活到老，学到老"是人们耳熟能详的一句谚语，它揭示了生命不息，学习不止的真理。知识和文明的传承与进步需要人们的不断学习。人生就是一个不断学习的过程，不要慨叹韶华已逝，也不要妄自菲薄，保持一颗好学之心，让我们一起学习吧!

♀健康好医生

落枕了怎么办? 其实没那么可怕，也没必要跑医院里受那么多的罪。把家里的擀面杖拿出来，然后拜托家人把你的脖子想象成一个面团，然后用平常擀面的力度擀一擀你那根转不过来的脖子就可以了。要想预防落枕，就一定要选用符合生理要求的枕头。通常情况下，男性理想的枕头高度约6~8厘米，女性约4~7厘米。

♂心灵格言：人生的价值，并不是用时间，而是用深度量去衡量的。

——列夫·托尔斯泰

屋梁松

写作关键词 困难、无力回天、努力尝试、渡过难关

写 作 论 点 1. 只要不放弃希望，最终会厚积薄发。

2. 失败时请种下希望的种子。

屋梁松因最适合做房屋的栋梁而得名，它是美国黄石公园分布最广的一种松树。这种松树有一个特点：它的松塔鳞片极为紧密，即便是被打落在地或者饱受狂风烈日的考验也不会张开。只有在一种情况下，这些鳞片才可能释放出种子，那就是在强烈的高温作用下。

想想看，如果你是一颗屋梁松的种子，当春暖花开，别的种子都在生根发芽，准备成长为参天大树，而自己却依然被迫过着暗无天日、与世隔绝的生活时，你会不会因命运的不公而悲叹落寞甚至是愤怒诅咒呢？

也许你会，也许你不会，但是不管怎样，我们都不能否定：大自然的安排是有其深意的。一旦闹起干旱，夏末秋初时，森林中发生火灾的可能性就会极大。当山火来临，大片大片的树木被烈火吞噬时，屋梁松的鳞片却会如鱼得水，迅速打开自己，释放出储备已久的种子。

由于有坚固的种皮保护，屋梁松的种子完全可以平安度过火灾，所以，成功逃出"牢笼"的它们只需欣然地等待大火熄灭。大火熄灭后，被烧成灰烬的动植物会为土壤补充丰富的养分。有了这些养料，再加上没有其他树木的竞争和遮蔽，屋梁松生长所需要的空气、阳光、水分、食物等都会异常充分，结果自然是，它们破土而出，随意生长了！而由于黄石公园里树林遍布，发生火灾的概率很高，所以久而久之，屋梁松成了公园中分布最广的树种之一。

别忘了，火灾只是个条件，最大的功臣是把种子深锁在黑暗中的松塔。

★★★心灵感悟

　　时机未成熟时，我们不要为怀才不遇而懊恼，也不要怨恨环境的束缚。这些或许是你生命中的松塔，在帮你积蓄力量等待最适合的时机。只要拥有希望的种子，总有一天，你积蓄的精华将在熊熊烈火中迸发。

♀开心直通车

子："如果我考全班第一名，你会怎样？"

父："那我真要高兴死了！"

子："爸爸，不要担心，我不会让你死的！"

♂心灵格言：永远没有人力可以击退一个坚决强毅的希望。

——金斯莱

创造奇迹的小矮子

写作关键词　无济于事、冷嘲热讽、动力、苦练、精湛

写作论点　1. 没有什么能阻挡满怀梦想的人。

　　　　　　2. 只要努力，就一定能克服缺点。

　　博格斯于 1965 年 1 月 9 日出生在美国巴尔的摩市，他从小喜欢打篮球。8 岁那年，他有了一个篮球，那天晚上，他兴奋得很长时间都难以入睡。从那以后，他睡觉时抱着球，出门带着球，即使是去倒垃圾，也是左手拎垃圾袋，右手运球。但是常常把垃圾弄得到处都是，父亲骂他，邻居也笑话他，可这都无济于事，他依然如此，并且还说长大要去 NBA 打球。

　　然而，命运之神并没有青睐他，他在 20 岁时，仍然只有 1.60 米。这让他十分气馁，因为 NBA 历史上还没有出现过 1.60 米的球员。同学们都因此嘲笑他："像你这样的一个'小松鼠'，能去打 NBA？"

　　面对大家的冷嘲热讽，博格斯也为自己的身高感到自卑，曾一度失落

过，常常怨恨自己："为什么不再长高点儿？"

经过一段时间的挣扎，博格斯将自卑抛在了脑后，他不再理会别人的冷嘲热讽，而是将他们的嘲笑转化成了前进的动力。他常常暗自想到："我的确太矮，在高水平的职业篮球赛中闯出一番天地不容易，但我相信篮球并不是专让高个子打的，而是让那些有篮球才华的人打的，我要创造奇迹。"

为了实现自己的梦想，从那以后，他拼命苦练。随着时间的推移，博格斯的球技也不断提高。他卓越的组织指挥才能逐渐为人所知，他的知名度也大为提高。在美国大学体育协会的篮球联赛中，他获得了一个绰号——马格西，意为死死缠住对手、拦截、成功阻挡等。

1986年7月，博格斯入选美国队，参加了在西班牙举行的第10届世界男篮锦标赛。刚开始时，这个个子极端矮小的后卫并没有引起观众的注意，但他最终以自己精湛而出色的球技赢得了对手的尊重与观众的喝彩。最后，他帮助美国队战胜了苏联队获得冠军。他创造了NBA历史上的奇迹。

★★★心灵感悟

博格斯的身高是阻挡他进入NBA的拦路虎，虽然他也为自己的身高感到自卑，但是他与别人不同的是，他将这种自卑迅速地转化为一种前进的动力。苦心人天不负，他最终创造了奇迹，走向了成功。他的成功事迹告诉我们，一个人有缺点是很正常的，但一定要意识到自己的缺点，不能因缺点而产生自卑感，而应该设法来补偿自己的缺陷，从而取得成就。

♀历史百科书

1891年，美国人詹姆斯·奈史密斯博士在麻省的春田学院，为了给学生们找一个冬季进行了体育锻炼的方式，在1891年用两个破筐和一只代用的足球创造了篮球运动，这才有了今天如火如荼的NBA。NBA成立于1946年6月6日。成立时叫BAA，即全美篮球协会，是由11家冰球馆和体育馆的老板为了让体育馆在冰球比赛以外的时间，不至于闲置而共同发起成立的。

♂**心灵格言**：只有向自己提出伟大理想，并以自己全部的力量为之奋斗的人，才是最幸福的。

——加里宁

董建华打工

写作关键词　严格要求、自力更生、吃苦耐劳

写作论点　1. 吃得苦中苦，方为人上人。

　　　　　　2. 要想成功首先要学会吃苦耐劳。

董建华是香港特别行政区的首任长官，现任全国政协副主席。他12岁随父亲到香港，中学毕业后赴英国留学，1960年获理学学士学位，后到美国通用电器公司和董氏家族的船舶公司纽约分公司工作，10年后返回香港参加其父船业公司的管理，并开创了香港至欧美的航线。1997年7月1日，香港回归祖国后，当选为香港特别行政区首任长官。

董建华的父亲董浩云是香港屈指可数的大富翁之一，但他对自己的子女要求却十分严格，从不娇生惯养。

董浩云生有二子三女，董建华是长子，是管理家族事务的接班人，是重点培养的对象。除董建华外，其余四人都在香港的贵族学校读书，唯独董建华要入读中文中学，为的是学好中文。

董建华13岁考入英国利物浦大学机械系。他在利物浦大学学习时，正值第二次中东战争爆发，董浩云的船队得到了迅猛扩张，成为拥有亿万资产的世界级船王。此时的董建华也随之成为一名世界级的富家子弟。当时在欧美留学的富家子弟常常比高级轿车，比出手阔绰，比穿着时髦。对此，董浩云清醒地意识到，让孩子拥有一种天生的金钱优越感，对孩子来说有百害而无一利。他认为，必须适当地设置一些障碍，让孩子受点儿挫折、吃点儿苦头，少花钱、多动手，增强自力更生的意识；通过吃苦，他们才懂得父母的钱来之不易，才珍惜父母的劳动成果。否则，就会走上

"贵族化"的歧途。于是，董浩云要求董建华必须过简朴的生活，把心思全部用在学习上。

董建华遵循了父亲这一教导，做到自律、自好、自强，起居饮食没有一样因为自己是船王的儿子而与众不同。他与普通留学生一样乘公共汽车或骑自行车往返于校园与住所之间，潜心于自己的学业。这令他的父亲董浩云感到很欣慰。

董建华大学毕业后，人们都认为董浩云肯定会安排儿子去美国继续深造，或回香港董家的海运王国执掌要职，为自己分担经营管理上的压力。然而，出乎人们意料的是，董浩云却要董建华到美国去打工——到通用汽车公司最基层去当一名普通职员。

董浩云为什么要这样安排呢？这可以从父子之间的对话中找到答案。

董浩云问儿子："建华，你能知道我为什么要让你去'通用'吗？"

董建华回答："我知道，因为'通用'是全球最大的汽车公司，它不仅战胜了美国各个汽车公司，其中包括曾经一直遥遥领先的福特汽车公司，而且一直稳居世界各大汽车生产企业榜首。它的现代企业管理原则，肯定适用于我们这个国际型的航运企业。我相信，我在通用可以学到许多东西。"

董浩云点了点头，补充道："你虽然学会了书本知识，而生活这部大书你才刚刚开始接触到。我并不怀疑你是一个有理想的人，但我担心你的刻苦精神不够。要具备吃苦精神，就必须首先当好一名普通的职员，磨炼自己的意志，接受生活的挑战。只有从最底层做起，今后才可能明白应该怎样对待你下面的职员；在这之后，你才能充分学习别人的经验，为将来开创新的事业打下良好的基础。"

"好吧，爸爸，我不会让您失望的。"董建华坚定地说。

此后，董建华听从父亲的安排，在美国勤勤恳恳地干了4年。这期间，正赶上美国社会掀起阵阵种族歧视的恶浪。为生活与工作方便考虑，董建华请求父亲出面为他办一张"绿卡"。董浩云听了非常生气，他对董建华说："不管给什么籍，我们到底还是中国人。个人没有作为，不管什么籍，都没有人看得起。"父亲坚决不同意为儿子申办美国绿卡。

在"通用"打工的日子里，董建华不仅学到了先进的管理经验，更重要的是学会了为人处世的道理，养成了吃苦耐劳的精神。董建华日后能使家族企业摆脱危机，重振雄风，可以说在很大程度上得益于这些打工经历。

★★★心灵感悟

一个人如果甘愿在基层打工，善于经受底层的磨炼，善于学习为人处世之道，能抵抗时代、社会浪潮的吹打，那么他必将成就一番事业，有所作为。

♀ 历史百科书

《南京条约》是中国近代史上与外国签订的第一个不平等条约。道光二十二年（1842 年），清朝在与英国的第一次鸦片战争中战败。清政府代表在泊于南京下关江面的英军旗舰康华丽号上与英国签署《江宁条约》，又称《中英南京条约》。清朝政府将香港岛割让给英国。中国的独立和领土完整开始遭到破坏，从封建社会开始沦为半殖民地半封建社会。1997 年 7 月 1 日，香港重新回到了祖国母亲的怀抱。

♂ 心灵格言：当你还不能对自己说今天学到了什么东西时，你就不要去睡觉。

——利希顿堡

✿ 自己帮助自己

写作关键词 充满希望、大有收获、自给自足
写作论点 美好的生活要靠自己的双手来创造。

某一年，天下大旱，动物们由于没有储备足够的粮食，饿死者不计其数。于是，动物们纷纷向玉帝祷告，恳请他赐一些食物下来，拯救饥荒中的动物。

玉帝见状，便命令太白金星下凡，为动物们送去一些土豆充饥。

野猪收到自己的那一份土豆后，来不及擦干净上面的泥土，便囫囵吞枣似的塞进了肚子里。

小白兔忙着把土豆切成小片，不停地啃着。

除小松鼠外，大家都开始享受起自己应得的那一份土豆来。

小松鼠在干裂的土地上，刨出一个个小土坑，把自己的那一份土豆一个个埋了进去，又去很远的地方舀来水，浇灌着刚埋进地里的土豆。

"傻小子，难道你不饿吗？"打着饱嗝的野猪见小松鼠把土豆种进了地里，不解地问。

"当然，我也很饿啊！"小松鼠捂着正在"咕咕"叫的肚皮，艰难地说。

"那你肯定是不喜欢吃土豆了？"

"不，我非常喜欢！"

"既然如此，你为什么不吃掉土豆，反而种下了它们呢？"

"吃完了这几个土豆，只能撑过一时，以后的日子怎么办？我种下它，到时候就能收获很多！"小松鼠充满希望地说。

从那以后，小松鼠只靠啃一点青草来充饥，它每天都要到很远的地方去挑水浇土豆，但它干得很开心，因为它知道旱灾不知道到什么时候才能结束，能帮助它们渡过危机的只有自己，玉帝的恩赐只能解决暂时的困难。看着一天天长高的土豆苗，小松鼠相信自己能解决眼前的困难。

过了一段时间，吃光了土豆的动物们又因饥饿难忍，聚集在一起，再一次乞求玉帝赏赐一些食物。

这时，玉帝现身了，他怒气冲冲地说："我只能救你们一时，不可能救你们一世，你们自己想办法解决吧。我现在命令东海龙王下一场雨，上次你们如果种下了土豆，这次就能大有收获了。"

结果，一场雨后，只有小松鼠收获了土豆，而其他动物则只能靠草根充饥了。

从此以后，小松鼠过上了自给自足的好日子。

★★★心灵感悟

上天会给每个人都出一个难题，会不会被吓倒，就要看每个人对于困难所采取的行动了。是祈求上天挽救自己还是用头脑去处理问题，是摆在人面前的两种截然不同的选择。救苦救难的观世音菩萨遇到问题，也会去拜一拜自己，也只有自己才能从根本上拯救自己。

♀趣味小知识

土豆中只含有0.1%的脂肪，这是所有充饥类食物望尘莫及的。每148克土豆产生的热量仅为100卡路里。与进食其他食品相比，每天多吃土豆可以减少脂肪的摄入，帮助代谢多余脂肪。我们为什么会胖？因为饥饿感在促使我们不断地吃。但土豆中含有的膳食纤维能让我们有饱足感，可以抑制我们过多地进食；而土豆中富含的碳水化合物还能给我们提供能量来源。所以说，土豆是减肥食品家族中的佼佼者。

♂**心灵格言：**天行健，君子以自强不息。

——《周易》

🍁 行动还是退却

写作关键词 积极、宽容、空虚、人生态度
写作论点 1. 只有积极行动，才能达到目标。
2. 积极的人生态度指导美丽的人生。

美国富豪克里蒙·斯通，是美国联合保险公司的董事长，他发掘出自己最有价值的人生个性特质是"有积极的人生观"。作为生于1902年的老前辈，他童年时代住在芝加哥南区。因为要去餐馆叫卖报纸，结果经常遭到餐馆老板的粗暴驱赶，但他还是再三溜回去卖。很多顾客看在眼里，生了恻隐之心，于是都劝老板宽容一下，不要再赶他出去。这样，他才得以忍着伤痛，卖掉不少报纸。这件事刺痛了他，他开始思考：这件事中，自

己哪些做得比较好？哪些还需要改正？特殊情况下该怎么做呢？

在这以后，他经常问自己这几个问题。斯通父亲去世后，母亲对他有很深的影响。那几年，他父母靠给别人缝衣服积蓄了一点钱财，到斯通十多岁时，母亲把这笔钱全部投资保险业，在底特律开了一个较小的经纪社，专门为伤损保险公司推销意外保险和健康保险。斯通在16岁时就开始向母亲学习推销技术。当母亲告诉他在进了一栋大楼该如何做之后，便留下斯通一人离去。处于青春期的斯通可能很爱面子，涌上心头的又是当年卖报纸时遭受的痛苦，所以面对大楼，他心里空虚得很。

好胜的他没有退却，在腿脚发抖中，他开始默念自己的座右铭：一旦你做了，如果不但没什么损失，反而收获很大，那就立马去做，亲自动手！他飞快地行动起来，以当年溜回去的勇气壮胆走进了大楼，走访了所有办公室，结果虽然只有两人买了他的保险，但是推销经验却增加了不少。在4年的训练和磨砺后，他取得的成功是惊人的。他认为：面对艰难困苦，始终保持坚决和乐观的态度，得到的益处是无穷的！销售的成功，决定性因素不在于顾客，而在于推销员自身。只有从主观上努力才能找到问题的原因和解决办法。后来他专门前往纽约州进行推销，结果证明了他的主张有合理的地方。

大恐慌最厉害的时期，他推销的伤损保险成交份数竟然与最盛旺的时期没两样。他敏感地注意到了繁荣期未被重视的推销态度和方式为此他专门举行关于PMA的推销讲座，用了一年半的时间，巡游全美，同遇有困难的推销员沟通，探讨其中的问题，推广他的推销术。

1938年，身价已逾百万的斯通开始组建自己的保险公司。恰好当时的宾夕法尼亚伤损公司停业破产，斯通对它的潜在价值十分看好，因为这个公司拥有35个州的营业执照。他直接联系这家公司的所有者，也就是商业信托公司的负责人，说："我要买下你的保险公司。""好主意，160万美元，你带了这么多钱来吗？""暂时没有，但我完全可以借到所有的钱。""向谁借呢？""向你们借。"在几次针锋相对的交锋过后，商业信托公司愿意把公司卖给他。

没多久，斯通的公司发展成跨国公司。到1970年时销售额达2.13亿美元，手下的PMA推销员达5000名，有20人成为百万富翁。

后来，斯通又投资了很多其他行业，取得的成功相当巨大。当老年的斯通回望一生走过的足迹时，他发现让他走向辉煌顶点的重要因素是积极进取的人生态度，他的母亲自幼就教给了他，在他童年卖报时这一点得到了进一步发展。

★★★心灵感悟

塑造自己的个性，把自己变成自己所仰慕的那类人。这个过程有时会痛苦，有时会彷徨，因为你不知道哪些是好的个性，也不知道怎么样才能把不好的地方改正。但是有一点一定要牢牢记住：如果做一件事情，没什么损失，反而收获很大，那就很值得去做。

♀开心直通车

雯雯正在厨房里洗碗，爸爸的朋友来找爸爸去打牌，问雯雯："你爸爸在哪里啊？"

雯雯说："哦，他可能在浴室里。"

爸爸的朋友又说："你确定吗？"

雯雯转过声把热水龙头开到最大，浴室里传出了一声吼叫，雯雯转过来对爸爸的朋友说："我确定！"

♂**心灵格言**：士当求进于己，而不可求进于人也。

——张养浩

老鹰的重生

写作关键词 沉重、痛苦、历练、飞翔

写作论点 1. 不断历练才能不断成长。

2. 只有付出才会有收获。

世界上寿命最长的鸟类是老鹰。据说老鹰可以活到70岁。但老鹰要想活那么长的寿命，它必须在40岁时作出艰难而重要的决定。

当老鹰活到40岁时，它的爪子已经开始老化，无法准确地抓住猎物；它的喙变得又长又弯，几乎能碰到胸膛；它的翅膀变得十分沉重，因为它的羽毛此时已经长得又浓又厚，使得它飞翔起来十分吃力。

此时的老鹰有两种选择：等死或是经过一个更新过程。

然而这个更新过程是十分痛苦的，老鹰要经过150天漫长的历练，很努力地飞到山顶。在悬崖上筑巢，并停留在那里，不得飞翔。

老鹰要用它的喙击打岩石，直到喙完全脱落。然后它要再静静地等候新的喙长出来。

它会用新长出的喙把指甲一根一根地拔出来。当新的指甲长出来后，它们还要把羽毛一根一根地拔掉。

5个月以后，等新的羽毛长出来了。这个时候，老鹰才能开始飞翔，重新得到30年的寿命！

★★★心灵感悟

没有天上掉馅饼的好事，若想得到，我们就要作出许多艰难的抉择，最后才能像老鹰那样得到重生的机会。其实，世间万事的应得都是如此，都需要我们有一定的付出，没有付出我们就不会收获，更不会赢得回报。当然，付出也必定与苦字相连，也许正因为这样才显得得到的可贵吧！

♀趣味小知识

政治上有一个广泛使用的名字——鹰派，用以形容主张采取强势外交手段或积极军事扩张的人士、团体或势力。它的反面为鸽派，鹰派比鸽派强悍、凶猛，极具攻击性。在美国人看来，伊拉克战争的胜利是鹰派的胜利。所以，美国打赢伊拉克战争之后，大出风头的不是前线总指挥弗兰克斯将军，而是国防部长拉姆斯菲尔德，因为他才是真正代表鹰派的头面人物。

♂心灵格言：坚其志，苦其心，劳其力，事无大小，必有所成。

——曾国藩

破茧成蝶靠自己

写作关键词　挣扎、束缚、跌跌撞撞

写作论点　1. 挫折可以磨砺我们的意志。

　　　　　　2. 瓜熟才能蒂落，水到才能渠成。

　　生物学家研究发现：飞蛾在由蛹变成幼虫时，翅膀萎缩，十分柔软。所以飞蛾在破茧而出时，必须要经过一番痛苦的挣扎，身体中的体液才能流到翅膀上去，翅膀才能坚韧有力，才能支持它在空中飞翔。

　　一天，有个小孩子凑巧看到一棵小树上有一只茧在蠕动，好像有飞蛾要从里面破茧而出。小孩子觉得很好奇，于是他就饶有兴趣地停下来，准备见识一下飞蛾由蛹变飞蛾的破茧过程。

　　但随着时间一点点过去，飞蛾在茧里奋力挣扎，却一直不能挣脱茧的束缚，看样子它似乎不能破茧而出了。

　　小孩子看得有些不耐烦了，心想：我干脆帮它个忙吧。于是，他就用一把小剪刀，把茧上的丝剪了一个小洞，好让飞蛾摆脱束缚，破茧容易一些。

　　果然，不一会儿，飞蛾就从茧里很容易地爬了出来，但是它的身体非常臃肿，翅膀也异常萎缩，耷拉在身体两侧伸展不起来。

　　小孩子想看着飞蛾飞起来，但那只飞蛾却只是跌跌撞撞地爬着，怎么也飞不起来。又过了一会儿，它竟然死了。

★★★心灵感悟

　　和飞蛾一样，人的成长也必须经历痛苦的挣扎，直到"双翅"强壮、有足够的能力之后，我们才可以振翅高飞。没有尝过生命中这杯苦咖啡的飞蛾，是脆弱不堪的。人生没有痛苦，也会不堪一击。正因为有痛苦，所以成功才显得那么美丽动人，才那么令人神往；因为有苦难，所以欢乐才那么令人喜悦；因为有饥饿，所以佳肴才让人觉得那么甜美。正因为有痛苦的存在，才激发出了我们的人生力量，所以我们的意志才变得更加坚强，最后才走向人生成功的彼岸。

　　♀趣味小知识

　　飞蛾为什么要扑火呢？

　　科学家经过长期观察和实验，终于揭开了"飞蛾扑火"之谜。他们发现飞蛾等昆虫在夜间飞行时，是依靠月光来判定方向的。飞蛾看到灯光，错误地认为是"月光"。因此，它便用这个假"月光"来辨别方向。飞蛾扑火时，其实只是保持自己的飞行方向与光源成一定角度，随着它不断地飞，它要不断地变化角度，而轨迹也逐渐靠近光源，就好像蚊香的形状一样，它们并不是径直扑向光源的。

　　♂心灵格言：如果你能成功地选择劳动，并把自己的全部精神灌注到它里面去，那么幸福就会找到你。

——乌申斯基

生命中的亮光

写作关键词 不幸、大胆决定、专心

写作论点 1. 人的一生充满了坎坷。

2. 坚持到底，就一定会苦尽甘来。

她是一个很不幸的女人。在大学毕业后，她就漂泊在伦敦的街头，只能靠打零工来糊口。后来她去曼彻斯特寻找她大学时的男友，可是没有找到，她只好乘车返回伦敦。

在火车上，她一直闷闷不乐。她知道，男友抛弃了她。她一直呆呆地望着窗外一成不变的英格兰乡村。她是一个爱幻想的女人，就是车窗外那可怜的黑白花奶牛，也能使她幻想出有一列火车载着一个男孩去巫师寄宿学校的情景：一个小男孩得到魔法学校的邀请，后来他才知道自己是个巫师……为此，她浮想联翩，兴奋异常。

很可惜，那个六月的晚上她身边并没有带纸和笔。她只好闭上眼睛，把浮现在脑海中的每个想法和细节都记录了下来。回到家里，她迫不及待地把在火车上想到的故事写了下来。很快，她的稿子就有厚厚的一沓了。这时，她大胆地决定，要把这些东西写成书，要写成一部大部头的书！虽然她还是个未出版过任何作品的"作家"。

后来，她与葡萄牙的一位记者结了婚。但很不幸，没过多久她的丈夫就抛弃了她，她只好带着出生仅四个月的女儿去爱丁堡。在妹妹的帮助下，勉强靠政府的租房补贴租赁了一间公寓居住。她的第一部作品的手稿就是在这里厨房的桌子上完成的。妹妹对她的作品大为赞赏，这给了她很大的鼓舞。更令她欣慰的是，她妹夫的公司在市中心购买了一家叫尼科尔森的咖啡馆，她每天可以推着女儿杰西卡前往咖啡馆找一个安静的角落，在女儿熟睡的时候，她可以专心地写作。

几经周折，她的第一部作品终于在 1997 年 6 月 26 日出版了。这部作

品一问世，就引起了全世界的轰动。这部小说就是《哈利·波特与魔法石》，这个女人就是畅销科幻小说家 J．K．罗琳。接着，她先后于 1998年、1999 年、2000 年和 2003 年陆续推出了这个系列小说的后四部……随着系列小说的不断发行，一股"哈利·波特"的热潮在全世界迅速形成。如今，她的作品已被译成六十多种语言，在二百多个国家和地区销售两亿多册。

她还被英国女王伊丽莎白授予帝国勋章，美国《财富》杂志也曾将她列入世界百名财富排行榜。

★★★心灵感悟

饮罢人生中这杯苦咖啡，就会苦尽甘来，让你看到生命中的亮光，成就你所想成就的一切。就像小说家 J．K．罗琳一样，在遭遇了生命中的种种坎坷，品尝了一切苦滋味后，她迎来了硕果累累的秋天。

♀历史名人志

J．K．罗琳，英国女作家。罗琳自小喜欢写作和讲故事。24 岁那年，她在前往伦敦的火车旅途中，一个瘦弱、戴着眼镜的黑发小巫师一直在车窗外对着她微笑。7 年后，罗琳把这个名叫哈利·波特的男孩的故事推向了世界，哈利·波特成为风靡全球的人物。

♂**心灵格言**：一旦你产生了一个简单坚定的想法，只要你不停地重复它，终会使之成为现实。提炼、坚持、重复，这是你成功的法宝；持之以恒，最终会达到临界值。

——杰克·韦尔奇

你在为谁工作

写作关键词 雄心勃勃、自学、机遇、水到渠成

写 作 论 点 1. 要想实现梦想，必须积累丰厚的知识。

2. 敢于开创的人必定是善于学习的人。

他出生在美国乡村，由于家中一贫如洗，他只接受过很短的学校教育。15 岁那年，为了养家糊口，他不得不远离家乡到一个山村里去给人做马夫。但尽管如此，他依然雄心勃勃，无时无刻不在寻找着发展的机会。

3 年之后，已经成长为热血青年的他来到了钢铁大王卡内基所属的一个建筑工地打工。一踏进这个工地，他就下定了要做同事中最优秀者的决心，所以当众人抱怨工作辛苦或者因为薪水太低而怠工时，他始终沉默不语，只是一边积累着工作经验，一边自学着建筑知识。

每天晚上，当同伴们聚在一起闲聊时，他总是独自躲进角落里看书。终于有一天，这种情况被前来检查工作的经理看到了。经理看了看他手中的书，又翻了翻他的笔记本，什么都没说就转身走了。但是第二天，经理秘书却过来请他去经理办公室一趟。

"你学那些东西干什么？"经理问他。

"我想我们公司并不缺少打工者，缺少的是既有工作经验又有专业知识的技术人员或管理者，对吗？"他胸有成竹地答道。

果然，经理被他这句话吸引了，不久之后，他就被提升做了技师。

看到这种情况，其他同伴半是羡慕半是嫉妒地挖苦他说："每天就挣那么点钱，你居然还有心思搞其他东西。"

"我不光是在为老板打工，更不单单是为了赚钱，我是在为自己的梦想打工，为自己的远大前程打工。我要在业绩中提升自己——只有让自己的工作所产生的价值远远超过所得的薪水，我们才可能得到重用，获得机遇。"他回复对方道。

凭着这种信念，他一步步地升到了总工程师的职位，25 岁那年，他又做了这家建筑公司的总经理。

再后来，因为有着超人的工作热情和管理才能，他被卡内基钢铁公司的合伙人琼斯看中了。两年之后，由于琼斯在一次事故中丧生，身为副手的他水到渠成地接任了厂长一职。又过了几年，他被卡内基直接任命为钢铁公司的董事长。

最后，他终于实现了自己最初的梦想，从打工者飞跃到创业者，独自筹资建立了自己的企业——伯利恒钢铁公司，而他，就是这家大型企业的领头人——齐瓦勃。

★★★心灵感悟

每个人都有梦想。善于经营梦想的人，从一点一滴开始积累，他们认真、努力，最重要的是他们具有主人翁的意识。

♀趣味小知识

"百炼钢"是中国古代将钢经反复折叠锻打变形而制成的钢及其工艺。其特点是通过反复加热锻打，改善钢的性能。古代工匠把"精铁"加热锻打 100 多次，一锻一称一轻，直到斤两不减，即成百炼钢。中国古代许多宝刀、宝剑都是用这种方法制成的。三国时期曹操有"百炼利器"5 把；孙权有 3 把宝刀，其中有一把就命名为"百炼"。

♂**心灵格言：**在一个崇高的目标支持下，不停地工作，即使慢，也一定会获得成功。

——爱因斯坦

✿ 幸福的过程

写作关键词　杜绝急躁、等待、沐浴阳光
写作论点　1. 我们要享受人生的每一秒。
　　　　　　　2. 人生自始至终充满了吸引力。

有一个年轻人的性格非常急躁，不管做什么事都很难静下心来，想马到功成，缺乏等待的耐心。

有一次，他与女友约会，来得很早，等了很久，也不见女友到来。他性格非常急躁，便在树下坐立不安，转来转去。

就在这时，一位白发苍苍的老道士来到他身边。老道士从兜里拿出一枚纽扣对年轻人说："如果你不想等待，只要将纽扣向右一转，你就能跳过时间，想要多远就有多远。"

年轻人半信半疑，接过纽扣，试着将纽扣一转，女友就出现在他面前，并且温柔地望着他。他心想如果现在能举行婚礼，那多好啊。于是他又转了一下。隆重的婚礼，丰盛的酒席，他和女友手牵手站在一起，周围乐管齐鸣，悠扬醉人。他抬起头来，盯着妻子的双眸，又暗自想到：如果现在只有我和妻子两人多好啊。他悄悄地又将纽扣转了一圈，四周立即夜深人静……

他快速地转动着纽扣，于是他有了儿子，后来又有了孙子，转眼间已是儿孙满堂。不仅如此，他还四处为官，到处受人吹捧。年轻人非常高兴，继续转动着纽扣。

纽扣转到最后，年轻人已不再年轻，老态龙钟了，卧在病榻上，几个不孝子把家产挥霍一空，并且还狠心地把他扔到荒郊野外。奄奄一息的老人终于长叹一声，仰面跌倒在泥土地里……

年轻人看到这里，不由自主地出了一身冷汗。老道士看着他，笑了笑，问道："怎么样，年轻人，你还想让时间快点儿吗？"

年轻人像泄了气的皮球，有气无力地回答道："我都死了，还快个啥？"

就在年轻人万念俱灰的时候，老道士又收回了那枚纽扣，年轻人因此又回到了那棵生机勃勃的树下，继续等待着他的女友。这时，年轻人不再急躁，抬起头来，望向那蔚蓝的天空，他感觉自己正沐浴在和暖的阳光下，听着鸟鸣，看着草际间蝴蝶飞舞，等待着女友的到来。

★★★心灵感悟

急躁的年轻人最终回到了现实生活中，但这个故事却告诉我们一个道理：人生是一个很幸福的过程，过程比结果重要。如果只一味地追求结果，忽视过程，那么就不可能领悟到人生的酸甜苦辣。最终就会像故事中的那年轻人眼中看到的那样，被抛尸荒野。

♀趣味小知识

衣服上的第二颗纽扣有着特殊的含义。这是一个来自日本的传说，第二颗纽扣是送给情侣的最好的礼物，因为第二颗纽扣偏于心脏位置，所以第二颗纽扣相对来说是代表心！

♂心灵格言：有时间增加自己精神财富的人才是真正享受到安逸的人。

——梭洛

3.找寻属于自己的幸福

别给心灵绑上 "夹板"

写作关键词　豁达、开阔、坦然、满怀信心、微笑面对

写作论点　只要心灵健全，我们就能克服生命中的一切苦难。

一位哲人曾说："只要心灵没有绑上夹板，你就不算残疾。"的确，健康的心灵有时比健康的身体更重要。用豁达、开阔的胸怀，去坦然地面对自身的缺陷，这样的人生，才是精彩的人生。假如一个人失去了一条腿，但他没有失去活下去的信心，他只是肢体上的残疾，却是精神上的健康者。

一天，一个失去一条腿的年轻人拄着一根拐杖，一跛一跛地朝一座庙宇走去，几个信徒见了，问道："可怜的家伙，难道你要去向佛祈祷，请求他再赐给你一条腿吗？"

"不，我不是去向佛要一条新的腿，而是去向佛祈祷，让他帮助我，在失去一条腿后，也知道如何去生活。"跛腿的年轻人平静地对信徒说完后，又满怀信心地向庙宇走去。

不为所失去的而哭泣，不过分计较人生的得与失，只有这样的人生，才是充实的人生、快乐的人生。

生活中，很多身有缺陷的人都能以积极的心态去面对生活，并且把自己的生活打理得很好，与此同时，他们还积极参与社会，尽自己最大的努力去做一些有意义的事情。

很多人都听说过"两个女人一条腿"的故事。她们一个叫艾美，是美国姑娘；另一个叫希茜，是英国姑娘。她们聪明、貌美，但都有残疾。

艾美出生时两腿没有腓骨。一岁时，她的父母做出了充满勇气但备受争议的决定：截去艾膝盖以下美的部位。童年时，艾美一直在父母的怀抱或轮椅中生活。后来，她装上了假肢，凭着惊人的毅力，她现在能跑步、跳舞和滑冰。她经常在女子学校和残疾人会议上演讲，还做模特，频频成

为时装杂志的封面女郎。

与艾美不同的是，希茜并非天生残疾，她曾参加英国《每日镜报》的"梦幻女郎"选美，并一举夺冠。1990年她赴南斯拉夫旅游，决定侨居异国。在当地内战期间，她帮助设立难民营，并用做模特赚来的钱设立希茜基金，帮助因战争致残的儿童和孤儿。

但不幸的事情发生了，一天，她在伦敦被一辆警车撞倒，肋骨断裂，还失去了左腿，但她没有被这一不幸所击垮。她后来奔走于车臣、柬埔寨，像戴安娜王妃一样呼吁禁雷，为残疾人争取权益。也许是一种缘分，希茜和艾美在一次会见国际著名假肢专家时相识。她们现在情同姐妹！她们虽然肢体不全，但不觉得这是什么了不得的人生憾事，反而觉得这种奇特的人生体验给了她们坚韧的意志和生命力。她们现在使用着假肢，行动自如。

一直以来，只要不掀开遮盖着膝盖的裙子，几乎没有人能看出两位美女套着假肢。她们常受到人们的赞叹："你的腿形长得真美，看这曲线，看这脚踝！看这脚趾甲涂得多么鲜红。"

艾美在公众场合经常说："我虽然截去双腿，但我和世界上任何女性没有什么不同。我爱打扮，希望自己更有女人味。"

希茜说："我依旧热爱生活，虽然生活给了我太多的磨难，但是，我会用微笑去面对它，而不是眼泪和悲哀。"

也许上帝也没有给你一副健全的体魄，面对自身的缺陷，你是怨天怨地，还是像艾美她们一样，以健康的心态去对待呢？

由于这样或那样的原因，有些人的身体出现了残疾，这是一件很不幸的事情。但是，千万不要因此就断定：残疾人的生活就会比正常人大打折扣。其实，只要有一颗健全的心，只要我们的思想是健康的，就可以享受到正常人的生活。

如果你的心态不健康，如果你总是被不幸感所包围，那才是真正的不幸。只有摆脱心理的不健康，使我们的心灵不再受"夹板"的束缚，我们才能以良好的、健康的心态去面对身体的缺陷，去面对生活中的风风雨雨。

★★★心灵感悟

人生难免遭遇不幸，不幸感容易使人颓废，使人失去进取心而自甘堕落。所以，不幸感才是真正的不幸。要让自己过得轻松，活得洒脱，就要摆脱不幸感。当我们的心灵不再受"夹板"的束缚时，我们才能以良好的、健康的心态去面对外在的缺陷，去面对生活中的风风雨雨。

♀学习指南针

新的一天似乎有好多事情都在等着你去做。但是，如果你胡子眉毛一起抓的话，到头来你会发现这一天你又乱糟糟地度过了。所以，你应该有一个计划，明白你在新的一天里将从哪里开始。专家建议，每天起床后，把一天要做的事情按照轻重缓急排列出来，给它们标上 a、b、c，然后你把 b 和 c 剔除掉，全力去完成 a，那么，你这一天将是高效且轻松的一天。

♂**心灵格言**：或许你不能支配自己的工作，但你能够使生活发生转变。

——麦金尼斯

心是快乐的家

写作关键词　秘密、挖掘快乐、运用
写 作 论 点　快乐就在每个人心中。

有一天，天堂里的上帝和天使们召开了一个会议。上帝说："我要人类在付出一番努力之后才能找到快乐，我们把人生快乐的秘密藏在什么地方比较好呢？"

有一位天使说："把它藏在高山上，这样人类肯定很难发现，非得付出很多努力不可。"

上帝听了摇摇头。

另一位天使说："把它藏在大海深处，人们一定发现不了。"

上帝听了还是摇摇头。

又有一位天使说："我看哪，还是把快乐的秘密藏在人类的心中比较好，因为人们总是向外去寻找自己的快乐，而从来没有人会想到在自己身上去挖掘这快乐的秘密。"

上帝对这个答案非常满意。从此，这快乐的秘密就藏在了每个人的心中。心理学家指出，每个人都具备使自己快乐的资源，像谦虚、合作精神、积极的态度，还有爱心，这些特质几乎都可以在每个人身上找到，只是许多人没有把这些"快乐的资源"运用好而已。

★★★心灵感悟

向外寻找，人们总是处处碰壁，屡见挫折，随外物漂流沉浮；而向内寻找，一切所求问问心底的声音，就会轻而易举地找到快乐的家，找到我们所真正追求的——那份简单、质朴的快乐与幸福。

♀趣味小知识

丘比特一直被人们喻为爱情的象征，相传他是一个顽皮的、身上长着翅膀的小神，他的箭一旦插入青年男女的心上，便会使他们深深相爱。在古希腊神话中，他是爱与美的女神（阿芙罗狄忒）Aphrodite 与战神（阿瑞斯）Ares 的小儿子 Eros。在罗马神话中，他叫丘比特（Cupid），他的母亲是维纳斯（即阿芙罗狄忒）。

♂**心灵格言**：把快乐的香水喷洒在别人身上时，总有几滴溅到自己。

——佚名

人生不能负重前行

写作关键词 疲倦、放下包袱、须臾不忘、负重前行

写作论点 1. 人生不需要负重前行。

2. 放下包袱，才能收获快乐。

一个青年背着一个大包裹千里迢迢跑来找无际大师，他说："大师，我是那样的孤独、痛苦和寂寞，长期的跋涉使我疲倦到了极点：我的鞋子破了，荆棘割破了双脚；手也受伤了，流血不止；嗓子因为长久的呼喊而暗哑……为什么我还没能找到我心中的阳光？"

无际大师问："你的大包裹里装的是什么？"青年说："它对我可重要了。里面是我每一次跌倒时的痛苦，每一次受伤后的哭泣，每一次孤寂时的烦恼……就是靠着它，我才能走到您这儿来。"

于是，无际大师带青年来到河边，他们坐船过了河。上岸后，大师说："你扛着船赶路吧！""什么，扛着船赶路？"青年很惊讶，"它那么沉，我扛得动吗？""是的，孩子，你扛不动它。"大师微微一笑说，"过河时，船是有用的；但过了河，我们就要放下船赶路。否则，它会变成我们的包袱。痛苦、孤独、寂寞、灾难、眼泪，这些对人生都是有用的，它能使生命得到升华，但对这些须臾不忘，就成了人生的包袱。放下它吧，孩子，人生不能负重前行。"

青年放下包袱，继续赶路，他发觉自己的步子轻松而愉悦，比以前快多了。原来，生命是可以不必如此沉重的。

★★★**心灵感悟**

生命能承载很多的东西，有些东西很轻，而有些东西却很沉重。人都是在经历过磨难之后才开始成熟，学会忍耐，学会坚强，懂得珍惜，懂得满足。当我们学会了这些之后，也就把磨难变成了智慧，忘记它曾带给我们的痛苦，人生的快乐便接踵而至。

♀**趣味小知识**

"嫁鸡随鸡，嫁狗随狗"，原为"嫁乞随乞，嫁叟随叟"意思是一个女人即使嫁给乞丐或者是年龄大的人也要随其生活一辈子。随着时代的变迁，这一俗语转音成鸡成狗了。

♂**心灵格言**：学会以最简单的方式生活，不要让复杂的思想破坏生活的甜美。

——弥尔顿

"我不知道"

写作关键词　热情、耐心、理直气壮
写作论点　淳朴、率真的人永远没有烦恼。

5 岁的小女儿坐在沙发上拿着一把小刀在细细裁纸。沙发上铺满了大大小小的各种形状的纸片，她仍在不停地、小心翼翼地裁弄着，折叠着，表现出极大的热情和耐心。

我十分好奇，就问她："你想做什么？"

"不知道。"

我以为自己听错了，俯下身子，加大了点音量："你准备做什么呢？"

她抬起头来，很诧异地望着我，语气坚定而清晰："我不知道。"

我愕然。不语。

扭头看窗外的天，乌云像正午的阳光那样直铺下来，突然间，似乎压

迫到了我的心底。我一遍遍地问自己：什么时候我也有理直气壮、毫无愧疚地说"不知道"的勇气和魄力呢？

★★★心灵感悟

童年的小孩，总是很快乐，他们正准备接受外界的知识，他们是诚实的，知之为知之，不知为不知，不会因为不知道而羞愧。而长大后的我们，却再也无法毫无愧疚地说"我不知道"了，而是寻找各种借口、各种理由来掩饰，为的是不会因为无知而被取笑。

♀学习指南针

把电视机的声音调大，然后看书，5 分钟后，把书放下，看 5 分钟电视，然后再看书。重复 3 次后，看看你记得多少书上和电视节目的内容。这样每隔两三个星期做一次，能帮助你提高注意力，增强去除杂念和抗干扰的能力。做填字游戏也是训练大脑的有效方法，对增强记忆力非常有帮助。

♂**心灵格言**：不要无事讨烦恼，不作无谓的希求，不作无端的伤感，而是要奋勉自强，保持自己的个性。

——德莱塞

不可盲目地追名逐利

写作关键词　荣誉、强健、抗拒、利剑

写作论点　1. 谦逊的人永远都在努力，不断进步。

2. 不要被荣誉冲昏了头脑。

某地要举办一次残疾人运动大会，有三个特别的人来报名参加游泳比赛：一位失去了双腿，一位失去了双臂，另一位双腿双臂都失去了。

接待他们的工作人员小心翼翼地问："请问，你们用什么方式游泳呢？"

"我用双手游泳！"失去了双腿的选手回答说。

"我用双腿游泳！"失去了双手的选手回答说。

当问到那既没有双臂又没有双腿的人时，他微笑着回答说："我用耳朵游泳！"

按照规定，他们分别进行了试泳，成绩都不错。特别是那位既没有双臂又没有双腿的选手，因为长时间的锻炼，他那两只耳朵像两片船桨，强健而灵活。因此他那失去四肢的躯体犹如一条破浪而行的鲨鱼，速度远远超过前两人。人们都私下里传说，一项伟大的纪录将会在他身上诞生。

人们渴望的比赛终于到来了，整个运动场都挤满了人，因为人们都想目睹那位失去四肢的选手的风采。当失去四肢的那位选手出现的时候，整个会场一片欢腾。

发令枪响后，三名运动员如三条鱼一般钻入水中，向前推进。人们看到的只是浪花四射，谁先谁后无法看清。

结果出来了，失去双臂的人获得了冠军，失去双腿的人获得了亚军，但人们渴望的英雄——失去四肢的人，却没有出现。

后来，人们发现他已被淹死在游泳池里，头上戴着一顶漂亮的游泳帽，遮住了他那神奇的耳朵。原来，按照游泳场的规定，比赛前，在参赛的选手中有一人要能戴上一顶象征着荣誉的游泳帽，他就是根据观众的意向选出来的人们公认的最有可能成为英雄的人。

然而，令人遗憾的是，英雄却被一顶象征荣誉的游泳帽杀死了。

面对荣誉，我们很难说服自己去抗拒它，而总是兴致勃勃地靠近它。殊不知，在荣誉的桂冠下，藏着一把夺命的利剑。

★★★心灵感悟

荣誉是社会、公众对人们优秀品行的一种称颂和褒奖，而如何对待荣誉，内心一定要有一把冷静、客观的尺子，使自己不迷失于外界的赞美与追捧。这样荣誉才能成为人们不断进步的好帮手，所以一切全在自己如何把握。

♀历史百科书

残疾人奥林匹克运动始于第二次世界大战结束后的 1948 年。当时，英国神经外科医生路德维格·格特曼爵士和一些热心于残疾人事业的知名人士，在 1948 年伦敦奥运会期间组织了由轮椅运动员（多为脊椎伤残的二战老兵）参加的比赛，称为斯托克曼德维尔运动会。当时只有 16 名坐在轮椅上的伤残士兵参加，此后该运动会每年举行一次。残疾人奥林匹克运动会始办于 1960 年，是由国际奥委会和国际残疾人奥林匹克委员会主办的、专为残疾人举行的世界大型综合性运动会，每四年于夏季奥运会后举办一届，迄今已举办过 12 届。

♂**心灵格言**：水果不仅需要阳光，也需要凉夜。寒冷的雨水能使其成熟。人的性格陶冶不仅需要欢乐，也需要考验和困难。

——布莱克

抓住最根本的

写作关键词　毛骨悚然、意外、抛却面子、一命呜呼
写作论点　　1. 不要让荣誉羁绊了你，停滞脚步。
　　　　　　　　2. 人生最重要的是要懂得取舍。

布莱恩让是泰国著名耍蛇人，且他耍的不是一般的蛇，而是令人毛骨悚然的剧毒眼镜蛇。

1998 年，26 岁的布莱恩让和 1000 条眼镜蛇同在一个玻璃柜中"同居"了整整 7 天而安然无恙，创下当时的吉尼斯纪录，被誉为世界"蛇王"，闻名全球。

2004 年 3 月 19 日，泰国气候炎热，空气沉闷。许多人从曼谷开车赶赴布莱恩让的住所，观看他高超的耍蛇技艺。布莱恩让和往常一样，把一条条"驯服有素"的眼镜蛇从竹筒里倒出来和他一起表演。其间，一条眼镜蛇屡次不听"号令"，蜷盘着长长的身子赖在舒适、清凉的竹筒里，但抵挡不住主人的"威逼利诱"，很不情愿地登台表演。

布莱恩让十分娴熟地操控着几十条眼镜蛇，任它们自由灵活地游弋、穿行并缠绕在自己的身体上。突然，就是刚才企图赖在竹筒里偷懒的那条蛇，猛地对布莱恩让发起攻击，在他的胳膊肘上咬了一口，鲜血立刻流了

出来。观众们被这突如其来的意外吓坏了，诧异地叫出声来，纷纷提醒并劝说布莱恩让去医院治疗。布莱恩让脸上显出几分尴尬，额上沁出许多汗珠，但他却装做什么事也没发生一样，继续着表演。可是，观众们发现，布莱恩让原本从容、利落的动作逐渐凌乱、迟钝，且大汗淋漓。大家再次劝阻他停止表演，赶紧救治。然而，布莱恩让尽管已头晕目眩、呼吸困难，明显地感到力不从心，但他仍强撑着坚持摇头说："不行，没事的。我的表演从来没有出现过这样的差错和失误……"接下来，他的情形越来越糟糕，而他却坚持不肯中断表演。大家面面相觑，交头接耳一番后，心照不宣地纷纷快速离去，好使布莱恩让抛却"面子"，抓紧时间救治。

观众刚一离开，布莱恩让就像醉汉一般倒在地上。家人连忙把他送到最近的医院。可是，医生检查后却十分痛心地说："眼镜蛇的毒素已侵袭了他的整个中枢神经和心脏。"年仅34岁的蛇王布莱恩让停止了呼吸，一命呜呼。曾经的荣誉和称号，随着他生命的终结，成为永久的回忆。

非常奇妙的是：就在同一天，地球的另一端，布莱恩让的同行——美国知名耍蛇人大卫，也在表演过程中遭到袭击，一条眼镜蛇在他的腹部狠狠咬了一口。遭到攻击后，大卫立刻示意摄像师和助手停止表演，并用双手不停地往外挤压伤口处的毒血，遏止毒素蔓延和扩散的速度，同时驾车赶赴就近的医院寻求帮助和救治。医院动用直升机，在最短的时间内，调来抗毒蛇血清为大卫注射。大卫最终得到了救治，几个星期后痊愈出院。

大卫为什么能蛇口逃生？因为，大卫为自己的生命赢得了宝贵的时间；而布莱恩让顾及颜面，为保全"蛇王"的名声，耽搁了救治时间。

★★★心灵感悟

　　"蛇王"是热爱和崇拜布莱恩让的人们送给他的无上荣誉，可是，它却成了布莱恩让思想上的沉重包袱，最终夺去了一代蛇王的宝贵生命。说到底，是布莱恩让不能正确地看待荣誉与生命的关系。脸上有黑不许人说，身上有脏不许人指，爱"面子"心理最终只能害了自己。

♀**趣味小知识**

"舍不得孩子套不住狼"本是"舍不得鞋子套不住狼",意思是要打到狼,就要不怕跑路,不怕费鞋。不过这个并不难理解,因为好像四川那边管鞋叫孩子。如果真的拿生的孩子去套狼,也太恐怖啦!

♂**心灵格言:**人们还往往把真理和错误混在一起去教人,而坚持的却是错误。

——歌德

世界上最难说的字

写作关键词 最难开口、不以为然、嘲笑、拒绝
写作论点 1. 有时拒绝并不等于怯懦。
2. 懂得拒绝才能生活得无所负累。

有时候表面看起来最容易办到的事,却是最难做到的;有时候感觉最容易说出的话,也是最难开口的。

一天,乔治问父亲:"世界上最难发音的是什么?"

"我知道一个这样的词,它只有两个字母,但是它却是世界上最难说的字!"父亲说。

"只有两个字母!那能是什么呢?"乔治问。

"在所有的语言里,我所见过的最难说的词是只有两个字母的 NO("不"的意思)字!"

"您在开玩笑!"乔治喊道,他不以为然地说,"NO,NO,NO!这真是太容易了!"

"今天你可能觉得很容易,但以后你会明白为什么这个字是最难说的。"

"我总能说出这个词,我肯定能。"乔治显得很有信心,"NO,这就和呼吸一样容易。"

"好吧，乔治，我希望你能在该说这个字的时候，把它说出来！"

第二天，乔治和往常一样去上学了，在学校不远处有一个很深的池塘，冬天孩子们常在那里滑冰。

一夜之间，冰已经覆盖了整个湖面。但冰还不是很厚。他们认为到下午的时候就可以滑了。放了学，男孩子都跑到了池塘那儿，有几个已经走上了湖面。

"来呀，乔治，"伙伴们大声喊道，"我们可以好好滑一圈了！"乔治有些犹豫，他看到冰冻得并不结实。

"放心吧！以前冰面也在一天之内就冻上过，肯定不会有问题的！"

"去年冬天还没有现在这么冷，但是湖面一天就冻上了，我们还在上面滑了呢！"

"只有胆小鬼才不会来呢！"伙伴们讥笑道。

乔治不能忍受伙伴们的嘲笑，他一直都认为自己是一个勇敢的小伙子。"我才不是胆小鬼呢！"他大声说道，然后就冲上了湖面，孩子们在上面玩得很高兴。慢慢地，湖面上的孩子越来越多了。突然有人大声喊："冰裂了，冰裂了！"结果乔治和另外两个孩子一起掉进了冰冷的湖水中。

人们把他们救出来的时候，三个孩子都冻僵了。

晚上，乔治醒了过来，坐在温暖的炉火前，父亲问："现在你知道什么是最难说的字了吗？"

乔治红着脸说："知道了。"

★★★心灵感悟

什么是世上最难说的字？就是一个简单的"不"字。因为对别人说"不"，就意味着拒绝，你可能因此而遭到同伴们的嘲笑，也可能会得罪你的上司，甚至可能会失去一个朋友……但是，你却维护了自己的做人做事原则，因此不必为了面子而把自己弄得身心疲惫。

♀健康好医生

很多人吃菜时会小心翼翼地把洋葱挑出来，唯恐避之不及。这就大错特错了。洋葱含有大量保护心脏的类黄酮，因此，吃洋葱应该成为我们的责任。尤其在吃烤肉这样不怎么健康的食品时，里面的洋葱就是你的"救命草"。

♂心灵格言：有罪是符合人性的，但长期坚持不改就是魔鬼。

——乔叟

明确自己想要的是什么

写作关键词 称心如意、犹豫不决、认识自己

写作论点 1. 真正认识自己的人有着强大的信心。

2. 每个人都应有一个明确的目标。

有一个25岁的小伙子，因为对自己的工作不满意，他跑来向柯维咨询。他对自己的生活目标是：找一个称心如意的工作，改善自己的生活处境。他生活的动机似乎不全是出自私心而且是完全有价值的。

"那么，你到底想做点什么呢？"柯维问。

"我也说不太清楚，"年轻人犹豫不决地说，"我还从没有考虑过这个问题。我只知道我的目标不是现在的这个样子。"

"那么你的爱好和特长是什么呢？"柯维接着问，"对于你来说，最重要的是什么？"

"我也不知道，"年轻人回答说，"这一点我也没有仔细考虑过。"

"如果让你选择，你想做什么呢？你真正想做的是什么？"柯维对这个话题穷追不舍。

"我真的不知道，"年轻人困惑地说，"我真的不知道我究竟喜欢什么，我从没有仔细考虑过这个问题，我想我确实应该好好考虑考虑了。"

"那么，你看看这里吧，"柯维说，"你想离开你现在所在的位置，到

其他地方去。但是，你不知道你想去哪里，你不知道你喜欢做什么，也不知道你到底能做什么。如果你真的想做点什么的话，那么，现在你必须拿定主意。"

柯维和年轻人一起进行了彻底的分析。柯维对这个年轻人的能力进行了测试，他发现这个年轻人对自己所具备的才能并不了解。柯维知道，对每一个人来说，前进的动力是不可缺少的，因此，他教给年轻人培养信心的技巧。现在，这位年轻人已经满怀信心踏上了成功的征途。

现在，他已经知道他自己到底想干什么，知道应该怎么做了。他懂得怎样才能事半功倍，他期待着收获，他也一定能获得成功——因为没有什么困难能挡住他前进的脚步。

★★★心灵感悟

刚走出校园的学生，都会觉得迷茫：找一个什么样的工作，工作合不合适，等等。安静的时候，询问一下自己的内心：到底想要什么。如果自己都不知道自己想要什么，别人就更不知道了。先确定自己的目标，再去为之努力，才不至于南辕北辙。

♀成长好习惯

早起的第一件事就是空腹饮用一杯白开水，洗漱完毕后在杯子里倒满脱脂奶。然后喝掉1/5，再用咖啡把它填满。这样，你就能摄入人体每天所需的25%的维生素 D 和30%的钙。切记是把咖啡加在牛奶里，而不是把牛奶加在咖啡里。

♂**心灵格言**：告诉你使我达到目标的奥秘吧，我唯一的力量就是我的坚持精神。

——巴斯德

最好的风景近在身边

写作关键词 兴趣盎然、入得景来、满足、麻木

写 作 论 点 1. 最好的风景就在平平淡淡中。

2. 平平淡淡才是最幸福的。

多年未曾联系的大学同学，一日突然路过我所在的小城，跑来见我。

同学来自大都市，那里有直通云霄的摩天大楼，有鲜亮明艳的佳人和轿车，有精致的咖啡厅音乐吧，时尚的风吹啊吹啊，吹开一城的芳华，更兼有若干的景点，每一处都是游人络绎不绝，让人神往不已。

小城却是一片狭小的天空。所以得知同学要来，我手忙脚乱好是一顿准备，我甚至把家里的窗帘换了，碗盏换了，以便配得上大都市的优雅。

同学是在晚间到的，我精心准备了晚饭，她却提出要逛小吃街去吃小吃。我百般推托，我说那街实在没逛头，不及你们大城市的百分之一，那小吃也没什么特色，无非是些下岗工人摆个小摊，下下馄饨面条什么的。同学却兴趣盎然。无奈，只得陪她走一遭。

每一处我走熟的地方，在同学眼里，竟都入得景来。她挂在胸前的数码相机，不住地咔嚓着。我在一旁笑她，是不是大鱼大肉吃多了，看到乡村的野菜，也觉得新鲜了？同学含笑不语，一圈逛下来，竟是满足得很，然后，馄饨摊上要上一碗馄饨，吸溜吸溜地，她吃得精光。

回家，把她拍的照片输入我的电脑中，当一幅幅画面在我面前展开时，我突然惊诧地发现，这个我生活了好多年的城市，我对它，竟是如此的陌生：静静闪烁的霓虹灯下，一对情侣在散步，仿佛听见他们亲昵着的幸福和甜蜜，整个画面美若轻岚；露天广场，裸露的台阶上，泊满月光，背景，是一幢一幢的住宅楼，每一个窗口，都亮着温暖的灯光，淡定从容……

我叹，呵，真没想到……

同学笑了，说，这就叫熟悉的地方没有风景。其实不是没有啊，而是我们的眼睛麻木了。

只一句，就如醍醐灌顶。

我想起一位诗人写的一首诗来：你站在桥上看风景，看风景的人在楼上看你；明月装饰了你的窗子，你装饰了别人的梦。

别处的风景总是对我们造成无限的诱惑，我们像追风的猫似的追着跑，因得不到而沮丧而感叹，却永远不知道，在别人眼里，我们也是他们追寻的风景。这就如同爱情，如同幸福，我们追寻很久，回头才发现，它原来一直就在这里，就在那看似平淡的一鼎一罐之中。

★★★心灵感悟

所谓"熟悉的地方没风景"，身边有"风景"的人往往只会"出售"风景，而不会欣赏风景，于是总在寻找另一片更美的风景。其实许久之后，你会发现，原来最美的风景就在自己的身边。

♀开心直通车

一天，天下着大雨，路上有几辆消防车经过，下面是一则路人的对话。

甲："雨下那么大，怎么可能有火灾？"

乙："笨！它是出来装水的！"

♂心灵格言：在美好的景色、悦耳的声音和扑鼻的芳香给我带来的愉快当中，我不会紧锁住自己感官的大门。

——泰戈尔

目标之外的宝藏

写作关键词 长命百岁、兴致勃勃、抛诸脑后

写作论点 1. 幸福就是人生最大的宝藏。

2. 幸福来临时，我们要紧紧抓住它。

京城中一富豪有两个儿子，哥哥好酒，弟弟恋花。南海生长一种长生果，如果幸运地找到并吃进肚腹，就一定可以长命百岁。两人便都筹足盘缠，兴致勃勃地朝南海出发。

他们来到一个山谷中，看见满谷绿草如茵、山花烂漫、彩蝶飞舞。弟弟在京城中从未见过如此奇观，加之爱花如命，于是他停下脚步，决定久居此山谷，不再去想长生果了。

哥哥一人离开山谷，踏上征途。一天，一眼清泉使他驻足徘徊。泉水酒香袭人，饮之则觉清冽甘甜。哥哥开怀畅饮，将寻找长生果之事抛诸脑后。

就这样，兄弟两人都没能到达南海，也没去找长生果，但他们都找到了自己的快乐，找到了内心的幸福。

★★★心灵感悟

很多时候，我们历经艰辛也没能达到目标，但回首其过程，又不乏充实和快乐。有心栽花花不开，无心插柳柳成荫，蓦然回首，成功就在灯火阑珊处。其实在寻找之中我们已悄然获得了目标之外的宝藏。

♀生活小帮手

西红柿和其他红色蔬菜富含一种类胡萝卜素，可降低前列腺癌、心脏病的患病风险。西瓜也含有同样成分。这种类胡萝卜素与脂肪一起烹调或食用效果更好。当然你也可以选择服用多种胡萝卜补剂。

♂ **心灵格言:** 理解生活而且还要热爱生活。

——罗曼·罗兰

🍁 生活不是为了忙碌

写作关键词 恐惧死亡、追赶、等待、抱怨、静下心来

写作论点 生活多姿多彩,不要忙忙碌碌,而要停下来享受生活。

他恐惧死亡,每天思考死亡是在前面还是后面?

他觉得死亡应该是在后面追上来的,因为人死的时候,往往都保持着向前跑的状态,如飞机失事、各种车祸等;而动物们也是在朝前奔跑时被猎杀,好像没有动物在后退时丧生。所以他认为自己要走得更快,不能被死亡追上。

他开始实践自己的结论,每天动作迅速,生活节奏比一般人快很多倍,总是快速朝前赶。

这一天,他又匆忙赶路的时候,一个白胡子老头拦住了他。老人奇怪地问他:"你在追赶什么东西吗?怎么走这么快?"

他说:"不,我没有追赶,我只是在逃。"

"逃?有什么在追你吗?"

"死亡,死亡都是从后面追赶人们的。"

"咦!你为什么认为死亡是在后面呢?"老人很惊奇,问道。

"动物们都是在朝前逃跑时死去的。"

"那你就错了!死亡才不傻呢,他总是悠闲地在终点等待。因为不论中间的过程如何,你总会到达终点。"

"你听谁说的?"他很惊奇。

"我不用听别人说,我自己就是死神。"

他大惊失色:"那你是来告诉我,我快要死了吗?"

死神说："不，别怕，你的寿命还很长。但你每天往前冲，我的兄弟'活着'抱怨说他跟不上你了，让我通知你慢点。"

"啊！那我怎样才能等到'活着'呢？"

"现在，你站着别动，静下心来，用心感受周围的一切，'活着'很快就能赶过来了。"

他放松心情，静下心来，老人说："你回头看，'活着'来了。"

可他竟什么也没看到，等他再转过头来时，老人已经不见了。而此时的他却看到了街边无比美丽的风景。

★★★心灵感悟

停一下，欣赏身边美丽的风景，赞美一下身边的人，别让生命空白着。从出生到死亡的很长时间里，我们都要活着，要欣赏人间百态，品尝人间美味，享受人间真情。活着，要多姿多彩，要工作，也要生活，但更要享受，哪怕一瞬间也好。

♀健康好医生

炼乳是一种牛奶制品，是将鲜牛奶蒸发至原容量的 2/5，再加入 40% 的蔗糖装罐制成的。有人受"凡是浓缩的都是精华"的影响，便以炼乳代替牛奶给孩子喝。这样做显然是不对的。炼乳太甜，必须加 5~8 倍的水来稀释。但当甜味符合要求时，往往蛋白质和脂肪的浓度也比新鲜牛奶下降了一半，这时喂食婴幼儿的话当然不能满足他们生长发育的需要。如果在炼乳中加入水，使蛋白质和脂肪的浓度接近新鲜牛奶，那么糖的含量又会偏高，用这样的"奶"喂孩子，也容易引起小儿腹泻。此外，如果孩子习惯了过甜的口味，会给以后添加辅食带来困难。

♂心灵格言：真正的幸福只有当你真实地认识到人生的价值时，才能体会到。

——穆尼尔·纳素夫

你真正想要的是什么

写作关键词　度假、扔下、打扰、懒洋洋

写 作 论 点　1. 健康是金钱买不到的。

2. 拥有健康的身体才能享受生活。

乔治先生的秘书在接待一位来访的大客户时说："很抱歉，我们经理刚去夏威夷度假了，要不您等4天再来吧！"

"什么！4天？他扔下这么大的生意摊子，竟然去度假4天！"客户的眼睛如同两只铜铃，仿佛质问的对象是自己的下属。

"是的，经理走之前，交代得很清楚，在这4天中不要用公事打扰他！"秘书毕恭毕敬地回答。

"那么，我给他打电话可以吗？"客户紧接着问，"我不谈公事！"

秘书犹豫着答应了。

"你工作一个小时可以挣50美元，你一下子就休息4天，一天8个小时，一个月就少挣1600美元，一年你就少挣12个1600美元，老兄，这值得吗？"客户拨通了乔治先生的电话，开始叫起来。

乔治先生懒洋洋地在电话里回答："我一个月多工作4天，一天8个小时，我能多挣1600美元，可是我的寿命将减少4年，4年的损失就是48个1600美元，到底哪种损失更大呢？"

★★★心灵感悟

真正想要的是什么？是拥有越来越多的金钱，还是拥有健康等无形的财富？每个人都有自己真正想拥有的东西，而这就要多问问自己的内心。一旦确定了答案，就不要受外界和他人的影响，要坚定自己的道路，在自己的轨道上运行，才不会患得患失。

♀健康好医生

有资料表明，导致死亡的前10种疾病大多与过多的身体脂肪有关。哈佛大学的一项研究发现，身体脂肪处于正常范围上限的人也容易患糖尿病、高血压、心血管疾病及直肠癌。而每天多消耗500千卡热量，一周即能减去1磅体重。减少一点体重，对你的健康至关重要。

♂心灵格言：终身幸福！这是任何活着的人都无法忍受的，那将是人间地狱。

——萧伯纳

🍁 享受淡泊人生

写作关键词　雄心勃勃、前途无量、目瞪口呆、刻板生活

写作论点　1. 幸福就是做自己喜欢的事情。

　　　　　　2. 人要活得快乐而自我。

有一位中国的 MBA 留学生，在纽约华尔街附近的一家餐馆打工。一天，他雄心勃勃地对着餐馆的大厨说："你等着看吧，我总有一天会打进华尔街的。"

大厨好奇地问道："年轻人，你毕业后有什么打算呢？"

MBA 很流利地回答："我希望学业一完成，最好马上进入一流的跨国企业工作，不但收入丰厚，而且前途无量。"

大厨摇摇头："我不是问你的前途，我是问你将来的工作兴趣和人生兴趣。"

MBA 一时无语，显然他不懂大厨的意思。

大厨却长叹道："如果经济继续低迷下去，餐馆不景气，那我只好去做银行家了。"

MBA 惊得目瞪口呆，几乎疑心自己的耳朵出了毛病，眼前这个一身油烟味的厨子，怎么会跟银行家沾得上边呢？

　　大厨对呆鹅般的 MBA 解释："我以前就在华尔街的一家银行上班，天天披星戴月，早出晚归，没有半点自己的业余生活。我一直都很喜欢烹饪，家人朋友也都很赞赏我的厨艺，每次看到他们津津有味地品尝我烧的菜，我就高兴得心花怒放。有一天，我在写字楼里忙到凌晨 1 点钟才结束了例行公务，当我啃着令人生厌的汉堡包充饥时，我下定决心要辞职，摆脱这种工作机器般的刻板生活，选择我热爱的烹饪为职业，现在我生活得比以前要愉快百倍。"

★★★心灵感悟

　　淡泊的人生是一种享受，一个完美的人生，不见得要赚很多的钱，也不见得要有很了不起的成就，在一份简朴平淡的生活中，活得快乐而自我，也是一种上乘的人生境界。一个人成功与否，不需要别人来衡量，只要自己觉得快乐幸福，此生就无怨无悔。

♀生活小帮手

　　传统的地中海饮食脂肪含量相当高，而地中海人却享受着世界上最长寿的人生。其中的一个秘密就是橄榄油，它富含抗氧化物和不饱和脂肪酸，帮助皮肤保持光滑，血管通畅。可选用橄榄油及香醋抹面包，而不是黄油。

　　♂心灵格言：把别人的幸福当做自己的幸福，把鲜花奉献给他人，把棘刺留给自己！

——巴尔德斯

找寻属于自己的幸福

写作关键词 食不果腹、逍遥自在

写作论点 1. 放弃自我就是放弃幸福。

2. 快乐地生活是最大的幸福。

树林里住着两只长臂猿兄弟，它们整天在树枝间荡来晃去。嬉戏玩乐的日子固然欢乐愉快，但对于每天只能找到一点点食物果腹一事，它们一直耿耿于怀。

有一次，长臂猿兄弟闲逛到山脚下的动物园，只见其中一个笼子里关着一只红毛猩猩。在红毛猩猩面前，摆了许许多多的水果和食物，令他们垂涎欲滴。长臂猿弟弟就对哥哥说："老哥！我真羡慕那只红毛猩猩的待遇，它每天不用做任何事，就有这么多美味可口的东西可以大吃大喝，不像我们必须十分操劳，才能得到稀少的食物。"长臂猿哥哥搂着弟弟无奈地点头说："你说得对极了。"

这个时候，笼子里的红毛猩猩无精打采地抬起了头，以十分羡慕的眼光望着长臂猿兄弟，心里想着："唉！我真是羡慕那两只长臂猿兄弟，每天可以在树林里自由地荡来荡去，多么地逍遥自在啊！"

★★★心灵感悟

幸福的大门随时对每个人敞开着，但很多时候，我们只看到了别人的幸福生活而心生羡慕，总是抱怨生活的不公，却忘记了享受自己的幸福生活，只要我们用心生活，每个人都会发现属于自己的幸福。

♀健康好医生

当你不小心烧伤手指时，立即清洁皮肤并用未受伤的手掌轻轻按压伤处，然后冰敷。冰块会迅速减轻你的疼痛。这种自然的方法能使你烧伤的皮肤恢复到正常的温度，使皮肤不容易起水疱。

🜨**心灵格言**：一个伟大的灵魂，会强化思想和生命。

——爱默生

🍁 懂得生活

写作关键词 患得患失、单纯恒久、寄托幸福
写 作 论 点 我们要坦然面对人生的幸与不幸。

在这饱经风霜的一生中，我曾注意到，享受到最甘美、最强烈乐趣的时期并不是回忆起来最能吸引我、最能感动我的时期。这种狂热和激情的短暂时刻，只能是在生命的长河中稀疏散布的几个点。这样的时刻是如此罕见，如此短促，以至无法构成一种境界。

而我的心所怀念的幸福并不是一些转瞬即逝的片刻，而是一种单纯而恒久的境界，它本身并没有什么强烈刺激的东西，但它持续越久，魅力越增，终于导致人至高无上的幸福之境。

人间的一切都处在不断的流动之中，没有一样东西保持恒常、确定的形式。而我们的感受不是落在我们后面，就是走在我们的前面，它们或是回顾已不复存在的过去，或是瞻望而不来的未来。在我们的感受之中丝毫不存在我们的心可以寄托的牢固的东西。

因此，人间只有易逝的乐趣，至于持久的幸福，我怀疑这世上是否曾存在过。在我们最强烈的欢乐之中，难得有这样的时刻，我们的心可以真正对我们说："我愿这时刻永远延续下去。"当我们的心忐忑不安，空虚无依，时而患得，时而患失时，这样一种游移不定的心境，怎能叫做幸福？

（法国 卢梭）

★★★心灵感悟

> 生活有喜乐同样有悲苦，要想获得生活的幸福，就要坦然面对生活中的一切，得意时不骄躁，失意时不悲观，不以物喜，不以己悲，你就能感受到生活的幸福。人生虽然短暂，但幸福却可以永存。

♀ 历史名人志

卢梭（Jean Jacques Rousseau，让·雅克·卢梭）（1712——1778）是法国著名启蒙思想家、哲学家、教育家、文学家，是18世纪法国大革命的思想先驱，启蒙运动最卓越的代表人物之一。他是《百科全书》的撰稿人之一，主要著作有《论人类不平等的起源和基础》《社会契约论》《爱弥儿》《新爱洛伊丝》《忏悔录》等。

♂心灵格言：生命不等于是呼吸，生命是活动。

——卢梭

生命中最重要的事

写作关键词 匆忙无趣、全心全意、尽情投入

写作论点 1. 做好手中的事。

2. 踏实是赢得成功的正确态度。

托斯卡尼尼是举世闻名的指挥家。他到过很多地方，指挥过无数的乐团，也见过无数的达官显贵。80岁时，儿子好奇地问他："您觉得您一生做过最重要的事是什么？"

托斯卡尼尼回答说："我现在正在做的事，就是我一生中最重大的事。不管是在指挥一个交响乐团，或是在剥一个橘子。"

在我当总医师时，有一个室友。他刚开始刷牙，又离开浴室去挑上班要穿的衣服，而嘴里还满是泡沫。接着，他又忙着整理桌上的资料，还一边说今天有哪些事要办。不消说，他的日子总是过得匆忙无趣。

在医学院教书，我发现有几个学生上课都不看我，他们一直忙着抄笔记。他们很努力、很认真地写，但我从不认为他们是"好学生"，因为他们对考试的兴趣远超过对学习的兴趣。他们或许能从笔记中得到考试时所需要的知识，但他们无法全然地了解。片片断断地抄下来，知道的也只是片片断断，当他们把我的话写下来，我已经又讲了其他东西，他们将一再错过。你必须全心全意地融入，尽你所能地投入，仿佛此时此地世上唯有此人唯有此事……然后才会有真正了解。这必须变成你的人生态度，变成你的生活方式，无论你是在上课、吃饭、聊天、跳舞、画画……

有人问凡·高："你的画里面哪一张最好？"他说："就是我现在正在画的这一张。"几天之后，那个人再问。凡·高说："我已经告诉过你，就是我现在正在画的这一张！"

是的，你现在正在做的事，就是你生命中最重要的事……即使是在剥一个橘子。

（何权峰）

★★★心灵感悟

你可以触摸到的是手中紧握的，是真正属于自己的，而其他的都与你无关。做好手头的事才是最重要的。或许你步履匆匆，每天都有忙不完的事情，恨不得长个三头六臂，但是你每件事都做不好。静下心来，全心投入地做一件事，这对你来说是最重要的。

♀ 历史名人志

荷兰画家文森特·威廉·梵高（1853—1890）是19世纪人类最杰出的艺术家之一，后期印象画派代表人物。他热爱生活，但在生活中屡遭挫折，艰辛倍尝。他献身艺术，大胆创新，在广泛学习前辈画家伦勃朗等人的基础上，吸收印象派画家在色彩方面的经验，并受到东方艺术，特别是日本版画的影响，形成了自己独特的艺术风格，创作出许多洋溢着生活激情、富于人道主义精神的作品，表现了他心中的苦闷、哀伤、同情和希望，至今享誉世界。代表作有《向日葵》《自画像》等等。

心灵格言：人的一生不像想象的那么好，但也不像想象的那么坏。

——莫泊桑

4.珍惜身边简单的快乐

我为快乐而打球

写作关键词　生活方式、信仰、鼓励、回报、快乐围绕

写作论点　1. 你给别人带来快乐，你也会快乐。

　　　　　　2. 人要选择快乐地生活。

在我看来，一个人的生活方式决定着他的信仰。我生命中最美好的时光之一就是做职业棒球手的那段时期。那时我以棒球为生，因此，对我来说，打好每场比赛自然非常重要。在棒球场上，我学到了很多生活的道理。它们让我更快乐，让我有希望成为一个更优秀的人。我发现，当我打了一场好球，令投手脱离险境时，那种感觉自然比哗众取宠要好。在球场外亦是如此，比起只给自己做事，帮助邻居、朋友，甚至陌生人会给我带来更大的满足。似乎世界上所有的人都是我的队友，好的事物让我与它们更亲近，坏的则让我远离它们。

对我同样重要的另一个信仰就是，我的能力在球技中得到了证实。如果我不能投球，那我的名字与声誉都将毫无意义。1951 年春天，我告诉队友们我将不会参加 1952 年的比赛时，我就是这样想的。我之所以下定决心离开，是因为我意识到，自己再也无法将最佳的球艺展示给那些穿过十字转门付钱看我比赛的人们。我无法了解，一个人怎能心安理得地接受不劳而获的成功与名望。对我而言，我觉得，任何赞誉之词都是对我付出努力的回报，这种想法让我觉得很满足。

许多棒球手喜欢大谈特谈幸运与形象对他们赛场内外成败的影响。为了确保事事顺利，他们这些人会带着兔子脚或其他的吉祥物，甚至举行一个小小的仪式。对于有那些信仰的人，我始终无法与他们相处。我觉得，在我身上所发生的事情，无论结果好坏，都有着更深刻、更重要的意义。在我看来，人们归功于运气的很多事情都是神灵相助的结果。我无法想象，万能的上帝对我生活中的一切行为丝毫不感兴趣。这个信仰让我始终

希望自己的行为能够无愧于上帝的恩赐。

　　也许，最为重要的事情是，行善以求善报。我的一生经历了很多奇妙的事情：在漫长且有组织的棒球生涯中，成就斐然，拥有越来越多的球迷，并始终为我的队友所喜爱。但是，最为重要的还是我拥有了人人梦寐以求的家人。我最大的享受之一便是，尽我最大的努力让我的父母妻儿更快乐，因为通过这一方式，我似乎能够回报他们所给予我的鼓励与欢乐。

　　我想，最能概括这一切的一句话就是：我被快乐围绕着，也希望可以使身边的人生活快乐。

★★★心灵感悟

　　人之所以感觉快乐，是因为这种感觉并不是孤单的。一个人的快乐很可怜。当你给你认为重要的人带来快乐的时候，这种快乐的感觉来自内心因他们被快乐包围的幸福感，来自你内心的喜悦。当你认为做一件事会带来这些的时候，那就去做吧。

♀趣味小知识

　　棒球运动源于英国的板球。1839年，美国人窦布戴伊组织了第一场与现代棒球运动十分相似的比赛。1845年，美国人亚历山大·乔伊·卡特赖德为统一名称和打法，制定了有史以来第一部棒球竞赛规则。规定的场地图形和尺寸至今仍在沿用，并正式采用了棒球这一名称。其中多数规则条文迄今仍继续使用，棒球这一名称也一直沿用至今。棒球运动在美国、日本尤为盛行，被称为"国球"。

　　♂**心灵格言**：从工作里爱了生命，就是贯彻了生命最深的秘密。

——纪伯伦

从近处寻找快乐

写作关键词　梦想、规划、复杂、俗事

写作论点　1. 不要忽略身边的风景。

2. 珍惜平淡生活中的点滴幸福。

同学聚会时，不知是谁提出将来要去西藏走一走的想法，这勾起了他们对未来生活的兴趣，高谈阔论的场景立刻展现。

"我想去桂林，这是我一直向往的地方。"阿斌说，"我要去阿尔卑斯山滑雪，去卢浮宫看画，去维也纳听音乐，最好都能实现，要不，实现一个也行。"阿斌在大谈他的宏伟理想。

大家都欷歔他的梦想，想象着自己未来的规划。

坐在一旁一直沉默不语的张志伟说："我的心愿可没你们那么复杂，我希望明年这时候我们大家还能坐在一起，一起来吃这盒饭就行。"

"这算什么心愿呀！明摆着，身边的事，随时都可以实现。"大家对他的想法进行批判，简直太没有意思了。

"这简直俗得掉渣了，老土！"不知是谁冒出一句话，引来大家的一片笑声。

"对呀，我要的就是这种身边的俗事，随时都能得到，不像你们，像星空一样遥远。"

★★★心灵感悟

我们总是错误地认为，精致的生活只有在远方才能寻找到，直到发现自己身边熟悉的风景就是别人眼里遥远的陌生，我们才发现自己错过了什么。人总是向往自己没有的，而不珍惜已经拥有的。

♀趣味小知识

青藏铁路是中国实施西部大开发战略的标志性工程，是中国新世纪四大工程之一。东起青海省省会西宁，西至西藏自治区首府拉萨，全长 1956 千米。其中，西宁至格尔木段 814 千米已于 1979 年铺通，1984 年投入运营。青藏铁路格尔木至拉萨段，北起青海省格尔木市，经纳赤台、五道梁、沱沱河、雁石坪、翻越唐古拉山，再经西藏自治区安多、那曲、当雄、羊八井，至拉萨，全长 1142 千米，其中新建线路 1110 千米，于 2001 年 6 月 29 日正式开工。青藏铁路是当今世界海拔最高、线路最长的高原铁路。

♂心灵格言：不应该追求一切种类的快乐，应该只追求高尚的快乐。

——德谟克利特

享受快乐的阳光

写作关键词 兴致勃勃、神采飞扬、感受阳光
写作论点 1. 要发现生活中的美丽。
2. 美好的东西隐藏在平常之中。

这是一个阳光明媚的冬日。一位游客兴致勃勃地往曼琪亚塔楼走去。这时，在塔楼的天井他注意到一个皮肤苍白，头发乌黑，身材瘦长，戴着一副墨镜的盲人。他正和其他游客一样往塔楼的售票处走去。游客心中好奇，放慢脚步，跟在他的后面。

游客发现售票员像对待常人一样卖给他一张票。

待盲人离开后，游客走到售票台前对售票员说："你没有发现刚才那人是一个盲人？你这样做是很不负责任的！"

售票员茫然地看着游客。

"你不想想盲人登上塔楼会干什么？"游客着急地问。

售票员一句话也没有说。

"肯定不会是看风景，"游客说，"会不会想跳楼自杀？"

售票员张了一下嘴巴。游客希望他能做点儿什么。但是或许他的椅子太舒服了，他只毫无表情地说了句："但愿不会如此。"

游客买了一张票，匆匆往楼梯口跑去。游客赶上盲人，尾随着他来到塔楼的露台。曼琪亚塔楼高102米，曾经有很多自杀者选择从这里往下跳。游客准备好随时阻止盲人的自杀行为。但盲人一会儿走到这里，一会儿走到那里，根本没有要自杀的迹象。

游客终于忍不住了，朝他走了过去。"对不起，"游客尽可能礼貌地问道，"我很想知道你为什么要到塔楼上来。"

"你猜猜看。"他说。

"肯定不是看风景。难道是要在这里呼吸冬天的清新空气？"

"不。"他说话时神采飞扬。

"跟我说说吧。"游客说。

他笑了起来。"当你顺着楼梯快要到达露台时，你或许会注意到——当然，你不是盲人，你也可能不会注意到——迎面而来的不只是明亮的光线，还有和煦的阳光，即便现在是寒冬腊月，阴冷的楼道忽然变得暖融融起来——露台的阳光也是分层次的。你知道，露台围墙的墙头是波浪状，一起一伏的，站在墙后面你可以感觉到它的阴影，而站在墙头缺口处你可以感觉到太阳的温暖。整个城市只有这个地方光和影的对比如此分明。我已经不止一次到这里来了。"

他跨了一步。"阳光洒在我的身上，"他说，"前面的墙有一个缺口。"他又跨了一步。"我在阴影里，前面是高墙头。"他继续往前跨步。"光，影，光，影……"他大声说，开心得就像是一个孩子玩跳房子游戏时从一个方格跳向另一个方格。

游客被他的快乐深深感染。

★★★心灵感悟

我们所置身的这个世界，美好的东西到处都是。有时感觉不到，是因为我们时常视它们为理所当然而不加以重视。这些美好的东西不但包括自然美景，也包括许多我们眼前手边随时可得的东西，比如人与人之间的善意、亲情和友爱。

♀健康好医生

现代医学家研究发现，大吃一顿之后 1 小时心脏病的发作危险提高了 10 倍，而且这种危险会持续一整天。美食和救护车联系在了一起，你会怎么做？而一天多次、少量地进食将有助于保持血糖稳定，精力充沛。所以我们外出就餐应只点一份沙拉或开胃菜，或者把主菜分成几份，只吃其中 1 份。平时注意少食多餐。

♂心灵格言：所谓内心的快乐，是一个人过着健全的、正常的、和谐的生活所感到的快乐。

——罗曼·罗兰

为了迎接新一天的阳光

写作关键词 尔虞我诈、沉重、两手空空、阳光普照

写作论点 1. 让生活永远充满阳光。

　　　　　　2. 快乐就在我们身边。

一位满脸愁容的商人来到智慧老人的面前。

"尊敬的智慧老人啊，我急需您的帮助。虽然我很富有，但人人都对我横眉冷对。生活真的像一场充满尔虞我诈的厮杀。"

"那你就应该停止厮杀。"智慧老人回答他。

商人对这样的告诫感到无所适从，他带着失望离开了智慧老人。在接下来的几个月里，他情绪变得糟糕透了，与身边每一个人争吵斗殴，由此结下了不少冤家。一年以后，他变得心力交瘁，再也无力与人一争长短了。

"尊敬的智慧老人，现在我不想跟人家斗了。但是，生活还是如此沉重，它真是一副重重的担子呀！"

"那你就把担子卸掉。"智慧老人回答。

商人对这样的回答很气愤，怒气冲冲地走了。在接下来的一年当中，他

在生意场上遭遇了不小的挫折，并最终失去了所有的家当。妻子带着孩子离他而去，他变得一贫如洗，孤立无援，于是他再一次去向智慧老人请教。

"尊敬的智者，我现在已经两手空空，一无所有，生活里只剩下了悲伤。"

"那就把悲伤也放下。"商人似乎已经预料到会有这样的回答，这一次他既没有失望也没有生气，而是选择待在老人居住的那座山的一个角落里。

有一天，他突然悲从中来，伤心地号啕大哭了起来——几天、几个星期乃至几个月地流泪。

最后，他的眼泪哭干了。他抬起头，早晨温煦的阳光正普照着大地，他又来到了智慧老人那里。

"尊敬的智慧老人，生活到底是什么呢？"

智慧老人抬头看了看天，微笑着回答道："一觉醒来又是新的一天，你没看见那每日都照常升起的太阳吗？"

★★★心灵感悟

愁也一天乐也一天，但太阳永远是那个太阳，不会因为人的情绪而改变。我们的生活掺杂着人生的苦乐酸甜，在一一品尝过后，又何必让自己去回味呢？把每一天都当做新生命的一天，昨天的都过去了，明天的都没有到来，活在今天，活在当下，生活就充满了阳光。

♀健康好医生

人在夜间睡眠时，身体各系统处于半休眠状态：血压下降、心率减慢、尿量减少、代谢率减低、呼吸变慢等。醒来后，各系统需要逐渐转变为工作状态，如果马上起床会出现头晕、恶心、心慌，甚至四肢乏力，反应迟钝等现象。所以，不要急于起床，匆匆忙忙地穿衣、洗漱，狼吞虎咽地吃饭，风风火火地出门进行锻炼，这会影响体内各重要器官和神经内分泌系统的正常调节功能。

♂**心灵格言**：确切的人生是：保持一种适宜状态的与世无争的生活。

——蒙田

给心灵送点礼物

写作关键词 默不作声、了无声息、冷若冰霜
写作论点 心灵快乐的人永远充满生气。

一位作家，在每天下午外出散步时，都会遇到一个老太太坐在路边乞讨。历经风霜的老太太总是坐在那儿，默不作声，简单地用手势对过路人给她的施舍表示谢意。

有一天，作家和一位朋友去散步。他没有给老太太钱，朋友感到很讶异，就问："为什么不给她一些钱呢？"作家说："我们不应该在她的手上放点东西，而应该送点东西给她的心。"

第二天，作家照例去散步，只不过手上拿着一朵半开的玫瑰花。朋友一见，心想：最近他可能恋爱了。

让朋友迷惑不解的是，作家把玫瑰花送给了老太太，并亲自放到了她的手里。

老太太站起来，紧握着作家的手，亲了一下，又握紧玫瑰高兴地走了。随后有好几天没有看到她。几天以后，老太太又回来了，还像往常一样，了无声息、冷若冰霜地在老地方乞讨。

作家的朋友问他："那几天她是靠什么度日的？"作家答道："玫瑰花。"

★★★心灵感悟

当你把同情、厌恶或不屑的目光投向街边的乞丐时，你可曾关注过他们内心的感受？你可曾希望给他们干涸的心灵注入一汪透澈的清泉，以浸润一下他们饱受创伤的心灵？睿智的作家这样做了，一朵半开的玫瑰就足以慰藉一位卑微的老妇人那干涸已久的心。

♀**趣味小知识**

玫瑰又名月季，是花中之王。每年 2 月 14 日西方的"情人节"，无数在爱河中畅游的男女皆把红色的玫瑰花送给自己的心上人。这个节日据闻起源于古罗马时代，相传那时人们要在这天敬拜天后朱诺，因为她是女性婚姻幸福的保护神，加之古人又认为此日是青春活跃的开端，需要双方尽情地欢乐，默默地祝愿。所以以后人们普遍给玫瑰冠以"爱情之花"的称号。

♂**心灵格言**：世界上最宽阔的东西是海洋，比海洋更宽阔的是天空，比天空更宽阔的是人的心灵。

——雨果

决定心情的是心境

写作关键词 乐呵呵、喜气洋洋、快快活活
写作论点 决定一个人心情的，不是环境，而是心境。

苏格拉底是单身汉的时候，和几个朋友一起住在一间只有七八平方米的小屋里。但是，他一天到晚总是乐呵呵的。

有人问他："那么多人挤在一起，连转个身都困难，有什么可乐的？"

苏格拉底说："朋友们在一起，随时都可以交换思想、交流感情，这难道不是很值得高兴的事吗？"

过了一段时间，朋友们一个个成家了，先后搬了出去。屋子里只剩下苏格拉底一个人，但是他每天仍然很快活。那人又问："你一个人孤孤单单的，有什么好高兴的？"

苏格拉底说："我有很多书啊！一本书就是一个老师。和这么多老师在一起，时时刻刻都可以向它们请教，这怎不令人高兴呢！"

几年后，苏格拉底也成了家，搬进了一座大楼里。这座大楼有 7 层，他的家在最底层。底层在这座楼里是最差的，不安静、不安全，也不卫生。上面老是往下面泼污水，丢死老鼠、破鞋子、臭袜子和其他的脏

东西。

那人见苏格拉底还是一副喜气洋洋的样子，好奇地问："你住这样的房间，也感到高兴吗?"

"是呀!"苏格拉底说，"你不知道住一楼有多少妙处啊!比如，进门就是家，不用爬很高的楼梯;搬东西方便，不必花很大的劲儿;朋友来访容易，用不着一层楼一层楼地去叩门询问……特别让我满意的是，可以在空地上养一丛花、种一畦菜，这些乐趣呀，数之不尽啊!"

过了一年，苏格拉底把一层的房间让给了一位朋友，这位朋友家里有一个偏瘫的老人，上下楼很不方便。他搬到了楼房的最高层——第七层，可是他每天仍是快快活活的。

那人揶揄地问："先生，住七层楼也有许多好处吧!"

苏洛拉底说："是啊，好处多着哩!仅举几例吧，每天上下几次，这是很好的锻炼机会，有利于身体健康;光线好，看书写文章不伤眼睛;没有人在头顶干扰，白天黑夜都非常安静。"

后来，那人遇到苏格拉底的学生柏拉图，他问："你的老师总是那么快快乐乐，可我却感到，他每次所处的环境并不那么好呀?"

柏拉图说："决定一个人心情的，不是环境，而是心境。"

★★★心灵感悟

一个人心情的好坏，很大程度上取决于他的心境。拥有乐观的心境，就能正确地对待生活中遇到的困难，用良好的心态帮助自己走出低谷。所以，拥有一种平凡、平淡的心境是一种幸福，有了好的心境，就有了洒满阳光的心情。

♀成长好习惯

早起锻炼确实使某些人觉醒，释放内啡肽，保持良好心情。有些人不吃早饭就去锻炼可能会头晕眼花，疲劳。研究表明应先吃饭后锻炼，而不是空腹锻炼。有人发现下午或者晚上锻炼更有成效，可以缓解压力。因为我们刚醒来的时候，体温和血糖水平都很低，肌肉不像白天晚些时候那样放松。不管早上还是下午，任何锻炼都要讲究方法，而且要坚持不懈。

☆**心灵格言：**心灵应该习惯于从自身中吸取快乐。

——德谟克利特

最好的化妆是笑容

写作关键词　脸色、表露、慈眉善目、可爱、柔和
写作论点　不要让外界的物欲影响了自己的心情。

从前，有一个青年以制造面具为生。

有一天，他的一位远方朋友来访，见面就问他："你近来脸色不大好。到底是什么事使你生气呢？"

"没有呀！"

"真的吗？"他的朋友好像不大相信，也就回去了。

过了半年，那位朋友再度来访，见面就说："你今天的脸色特别好，和从前完全不同，有什么事情使你这么高兴啊？"

"没有呀！"他还是这么回答。

"不可能的，一定有原因。"他的朋友说道。

在他们交谈后，这个青年才想起，原来半年前，他正忙着做魔鬼、强盗等凶残的面具，做的时候心里总是在想咬牙切齿、怒目相视的面相，因此自然也表露在脸上了；而最近，他正在制造慈眉善目的面具，心里所想的，都是可爱的笑容，脸上自然也显得柔和了。

★★★心灵感悟

好心情是一把万能的钥匙。心情好了、心境对了，似乎所有的难题、困境都可以迎刃而解，不成问题。那么好吧，加油！忠于自己的选择，坚持内心真实的渴望。好心情就是生命的化妆品。

♀趣味小知识

在每年的 11 月 1 日是西方的万圣节。10 月 31 日是万圣节前夕。通常叫做万圣节前夜（万圣夜）。每当万圣夜到来，孩子们都会迫不及待地穿上五颜六色的化妆服，戴上千奇百怪的面具，提着一盏"杰克灯"走家窜户，向大人们索要节日的礼物。万圣节最广为人知的象征也正是这两样——奇异的"杰克灯"和"不给糖就捣乱"的恶作剧。

♂心灵格言： 悲观的人虽生犹死，乐观的人永生不老。

——拜伦

用心发现美

写作关键词 厌倦、专心致志、兴高采烈、用心

写作论点 1. 换一种好心境，苦难没什么大不了。

2. 用心发现生活中的美丽。

有一位少女对生活感到极其厌倦，她打算投湖自尽。在湖边，她遇到一位正在写生的画家。画家正全神贯注地描绘着手中的画。少女厌恶地看了画家一眼，心想："真是幼稚。这里的山像鬼一样狰狞，这里的湖早已荒废，看上去就像坟场一样，有什么好画的！"

画家似乎觉察到少女的情绪，他没有说话，仍然专心致志地画他的画。过了一会儿，他叫那名少女："小姑娘，过来看看我的画！"

少女走过去，正想对画家的画大批一顿，突然就被画上的风景惊呆了。她从来没见过这么美的风景——那"鬼一样狰狞的山"变成了美丽的、挥舞着翅膀的女人，那"坟场一样的湖"就像天上的宫殿，而这幅画的名字就叫做"生活"。少女完全忘记了自杀的事情，她被眼前的画深深地吸引住了。她感觉自己的身体在变轻，在飘浮，她觉得自己就像画上那袅袅娜娜的云……

这时，画家突然挥笔在画上画了一些凌乱的黑点，像蚊蝇，又像淤

泥，少女惊喜地说："这是星星，这是花瓣……"

画家看着她兴高采烈的样子，满意地笑了："是呀，生活中有太多的美丽需要我们用心去发现！"

★★★心灵感悟

生活的美与丑，全在我们自己怎么看。如果你将心中的丑陋和阴暗面彻底放下，然后选择一种积极的心态，懂得用心去体会生活，那你就会发现，生活处处都美丽动人。生活中并不缺少美，处处都是美，缺少的是发现美的眼睛。

♀开心直通车

儿子问爸爸："'兔死狐悲'这个成语怎么讲？"

爸爸说："如果兔子都死光了，狐狸就没什么吃的了，它能不感到悲哀吗？"

♂心灵格言：在美好的景色、悦耳的声音和扑鼻的芳香给我带来的愉快当中，我不会紧锁住自己感官的大门。

——泰戈尔

何必寻找烦恼

写作关键词 摆脱烦恼、解脱、自寻烦恼

写作论点 1. 生活中不要自寻烦恼。

2. 要有正确积极的人生态度。

有一个烦恼的年轻人，他四处奔走，只为寻找摆脱烦恼的方法。

有一天，他来到一片绿柳成荫的河滩，发现一位老翁坐在柳荫下垂钓。老翁一脸惬意，正沉浸在快乐之中。

烦恼的年轻人走上前去问道："请问您能帮我摆脱烦恼吗？"

老翁看了一眼满脸写满烦恼的年轻人，慢条斯理地说："来吧，孩子，

跟我一起钓鱼，肯定能让你的烦恼烟消云散。"

烦恼的年轻人听从了老翁的话，安静地坐下来与他一同垂钓，结果烦恼依然存在。

于是，他辞别老翁继续寻找。不久，他遇到一位在路边石板上独自下棋的老翁，烦恼的年轻人上前请教解脱之法。老翁怜悯地看着他说："可怜的孩子，你看到前方那座山了吗？山里住着一位老者，他可以帮你解答你的疑难问题。你去请教他吧！"

烦恼的年轻人顺着老者指的方向看到了那座山，然后辞别了老翁，直奔那座山。

到了山脚下，年轻人顺着山路小心翼翼地往山中走，果然遇到了一位长须老者。

烦恼的年轻人向老者深深地鞠了一个躬，并向老者说明来意。

老者微笑着捋着长白胡子问道："听你的意思，你是来寻求解脱之法的？"

烦恼的年轻人连忙点头答是，并诚恳地对老人说："请求老前辈为我指点迷津。"

老者笑着说道："既然你想让我帮你解脱，那我问你，有谁捆住了你吗？"

烦恼的年轻人回答说："没有。"

老者继续说："既然没有人捆住你，那么又谈何解脱呢？"语毕，老者扬长而去。

烦恼的年轻人呆呆地愣在了那里，反复琢磨着老者的话，他终于想明白了：噢！是呀，没有任何人捆绑我，那么又何须寻求解脱？原来，我是自寻烦恼，捆绑住我的不是别人正是自己呀！

★★★心灵感悟

"天下本无事，庸人自扰之。"很多人都喜欢自寻烦恼。懊悔过去的错失是在浪费时间，预支明天的烦恼更是一种愚蠢，而努力做好今天的功课才是正确的选择。唯有让自己忙起来，充实地过好每一分钟，才是正确的人生态度。

♀ **心灵魔法师**

当你紧张或者压力大的时候，肠子也会停止蠕动，所以减压很重要。选择大笑吧！因为大笑能帮助消化，让你远离便秘之苦。平时多笑一下，整个人从里到外的健康都会得到提升。

♂ **心灵格言：** 一个知足的人生活才能美满。

——狄更斯

真正的人间天堂

写作关键词 乐呵呵、寂寞、穷乡僻壤、人间天堂
写 作 论 点 1. 幸福在每个人的心里。
2. 每个人心中的幸福是不一样的。

一个旅人去周游世界，经过了很多地方后，最后来到了美国阿拉斯加一个靠近北极圈的城市，那里到处都是杉树林，地面上覆盖着厚厚的白雪。

在他眼中，这绝对是一个鸟不生蛋的地方，虽然也是城市，但是人烟稀少，而且到处都是冰天雪地，甚至连那些杉树都屈服于这个地方，最高的也不超过两层楼。

旅人上了一辆巴士，如他所想象的那样，车上就他一个乘客，但是很幸运的是他碰到了一位很健谈的司机。

这位司机是个中年女性，看起来很平常，但是一副乐呵呵的样子让人感觉很温暖。旅人指着路边的杉树林表达了他的疑问，"怎么都这么矮呢？"

"这里的树都是这样，不可能长得高。想想看，上面是雪，下面是冰，即使在夏天，地下几尺也是冰冻层了。"女司机笑了笑继续说，"这里一年只有 4 个月不下雪。"

旅人很同情地问："在这儿生活，一定很寂寞吧?"

她微笑着摇头说："我有8个孩子，下月即将抱第8个孙子，我怎么会寂寞呢?"

"那你的孩子们都到美国本土去了吧?"

"不，全在费尔班克。"

"全在这儿?"旅人惊讶地问。

"是的，有什么不正常吗? 他们都不适应外面的拥挤和吵闹，还有污染。"女司机突然转移话题说："这里虽然是一块穷乡僻壤，但却是真正的人间天堂。"

★★★心灵感悟

不要觉得自己不幸福，在每个人心里，天堂是每个人可以任意描绘的模样。别人的天堂未必适合自己，甚至是有些人的地狱。天堂在自己心里，也需要你精心地规划，一点点地用心血去建设，需要你努力地耕耘。

♀趣味小知识

极昼和极夜是极圈内特有的自然现象，是地球沿着倾斜的地轴自转所造成的结果。地球自转时地轴与垂线成一个约23.5度的倾斜角，因而在围绕着太阳公转的轨道上，有6个月的时间，南极和北极的其中一个极总是朝向太阳，而另一个极总是背向太阳；如果南极朝向太阳，太阳光照射强烈，所以南极点在半年之内全是白天，没有黑夜；这时，北极则见不到太阳，北极点在半年之内全是黑夜，没有白天。到了下一个半年，则正好相反。在极圈内的地区，根据纬度的不同，极昼和极夜的长度也不同。

♂**心灵格言**：有研究的兴味的人是幸福的! 能够通过研究使自己的精神摆脱妄念并使自己摆脱虚荣心的人更加幸福。

——拉美特利

发现生活的美景

写作关键词 炼狱、礼物、乐趣、欣赏风景

写作论点 1. 每一种生活都有其独特魅力。

2. 我们要善于发现生活中的美景。

在亚里桑那沙漠度过第一个夏天，保尔觉得自己会被热死，因为那里炽热的高温都快把马铃薯烤熟了。

刚刚到四月份，保尔就开始为如何过夏天担忧起来，3个月炼狱般的生活马上就要来了。

一天，他开车到小镇的加油站给车加油，和主人马克先生聊起这里可怕的夏天。

"哈哈，为过夏天担忧，真有那个必要吗？"马克先生说，"对炎热的害怕，只会使夏天来得更早，结束得更晚。"

保尔付钱时，他意识到马克先生说得对。在自己的感觉里，夏天不是早已经来了吗？

"这个该死的夏天，又将是3个月的热浪肆虐！"保尔心里嘀咕着说。

"像迎接一个惊人的喜讯那样对待酷暑的来临吧，"马克先生一边说着，一边给保尔找零钱，"千万别错过夏天送给我们的各种最美好的礼物……"

"这该死的夏天还能给我们带来最美好的礼物？"保尔急切地问。

"难道你从来不在早晨5点至6点起过床？你想想，六月的黎明，整个天空挂着漂亮的玫瑰红，就像少女羞红的脸；七月的夜晚，满天繁星就像深蓝色的海水：一个人只有在常人无法承受的高温里跳进水中，他才能真正体会到游泳的乐趣！……"

当马克先生去给另一辆车加油时，站在一旁的年轻加油工卡特微笑着对保尔说："先生，今天你得到了马克的特别服务——他的人生哲学，这

是你开汽车跑多少里路也无法学到的。"

让保尔惊奇的是，马克先生的话果然有效，他不再害怕夏天的来临了。

当高温天气真的到来时，清晨，保尔在天堂般的凉爽中修剪草坪与花木；中午，他和孩子们舒舒服服地在家里睡觉；晚上，他和孩子们在院子里踢足球，吃冰淇淋，喝冷饮，真是痛快极了。

整个夏天就在这种愉快的生活中悄然度过。

其实，美妙的风景就在你身边。关键在于你是否有欣赏风景的心境罢了。

★★★心灵感悟

生活中，常常有人抱怨：快乐究竟在哪里，它为什么总与我擦肩而过，与我无缘呢？其实，不是快乐与你无缘，而是你的贪欲太大，总是"吃着碗里的，瞧着锅里的"。明明快乐就握在手心里，偏偏却不着边际地遐想，心里盘算着可能还会有更好的，于是便放弃已拥有的快乐，去追寻那些虚无缥缈的美好。要知道，这样做只会换来酸涩的苦果，得不偿失！

♀趣味小知识

夜晚最亮的恒星是天狼星，最亮的行星是金星。金星是天上最亮的星星，最亮的时候如果条件合适的话，如地平高度足够，黑暗度，大气透明度，光线影响最小的时候甚至可以照出人影，它是唯一能照出影子的星星。2005年12月9日这一天，金星的亮度是全天最亮的恒星天狼星的20倍，是织女星的70倍。

♂心灵格言：开朗是肉体和精神的最佳清洁法。

——乔治·山度

不要错过沿途的风景

写作关键词　郁闷、美不胜收、受益匪浅
写 作 论 点　1. 人要更多地关注美好的事物。
　　　　　　　　2. 美丽的东西能让人心情愉悦。

有一次，王强去出差，火车非常拥挤。他站在车厢的窗前，心里暗自想道：两个小时的路程，中途将有人陆续下车，我也许就可以抢个位置。

在他的旁边有一位老者与他并肩而站，他不时地感受到来自多方的压力。他自言自语道："人的确太多了，有个座位就好了。"于是，他弯下身去问邻座的男子："你在哪里下车？"他说："下一站。"王强非常高兴，于是时刻准备着抢座位。

30分钟后，火车到站了。很多人下车。王强刚要坐下，一位壮汉迅速抽身，一个箭步冲了过来，抢得座位。王强郁闷极了，恼火地瞪着他，但又无可奈何，只好继续站着。

过了一会儿，王强在嘈杂中听见一声叹息，是他旁边的那位老者发出的。他依然凝神窗外，嘴角露出丝丝笑意。王强顺着他的眼光望去，外面有一条河，波光粼粼，河上有点点小帆。

"窗外的景色很美啊！"老者说。

王强随口敷衍道："是啊。"

老者说："那田地，那河流，那山脉，美不胜收啊。"

王强吃吃地笑了。老者不解地看着他问："不是吗？"王强连忙回答："是的，是的。"老者似乎明白了什么，立即说道："笑我迂腐吧！"

没等王强回答，老者就亲切地拍拍王强的肩膀，说道："年轻人，大家都在抢座位，却没人留心窗外的风景，真的很遗憾。这段路，就非得坐过去吗？就不能一路欣赏着过去吗？"

王强听了，内心有些触动。老者接着说："我年轻时，为了眼前的东

108

西，错过了很多更大、更美的机会；现在，我不再关心这些，只想多看看远处的风景。"

老者的一席话让王强受益匪浅，他默默地欣赏起路边的风景……

★★★心灵感悟

人生的旅程就像坐火车一样，从起点到终点，最终都是一个目的地。但人们却以不同的方式走过这段人生旅途，有的聊天，有的玩牌，有的睡觉，有的埋头看书，有的倚在窗前，欣赏窗外的风景。因此，到达终点时，每个人的收获便不尽相同，有的说太累了，有的说太闷了，有的说太无聊了，有的说沿途的风景太美了。毫无疑问，收获最多的，还是沿途欣赏风景的那些人。

♀趣味小知识

青藏铁路是中国实施西部大开发战略的标志性工程，是中国新世纪四大工程之一。东起青海省省会西宁，西至西藏自治区首府拉萨，全长1956千米。其中，西宁至格尔木段814千米已于1979年铺通，1984年投入运营。青藏铁路格尔木至拉萨段，北起青海省格尔木市，经纳赤台、五道梁、沱沱河、雁石坪，翻越唐古拉山，再经西藏自治区安多、那曲、当雄、羊八井，至拉萨，全长1142千米，其中新建线路1110千米，于2001年6月29日正式开工。青藏铁路是当今世界海拔最高、线路最长的高原铁路。

♂心灵格言：在我们了解什么是生命之前，我们已将它消磨了一半。

——赫伯特

千金难换一颗平常心

写作关键词　认认真真、平平实实、平常心

写作论点　1. 做好平凡的事就是不平凡。

　　　　　　　2. 人要用一颗平常心做人、做事。

郑芳是公司里人人羡慕的好女孩。

她长得美丽而又文静，说话时总是慢悠悠的，轻声细语，但她所说的每一个字眼都能说到别人的心坎里去。

在工作上，郑芳踏踏实实，认认真真，虽不能说业绩骄人，但也无可挑剔。

在婚姻上，郑芳嫁给了一个与自己志趣相投的普通的公司职员，日子过得平平实实、波澜不惊。

郑芳还有一个聪明活泼的女儿，但她从不强求孩子学这学那，整天被沉重的书包压弯了腰。一到双休日，一家三口或牵手散步，或去郊外游玩，赏赏青山绿水，怡然自得。

与周围一些拼尽全力却活得不尽如人意的人们相比，郑芳却在默默地、不急不躁地构筑着自己平实的人生。

现实生活中，像郑芳一样，能守住一颗平常心，真不容易！

★★★心灵感悟

每个人都曾有过美好的梦想和远大的抱负，可是能够梦想成真的却寥寥无几。于是一些人心浮气躁，为达目的不择手段；更多的人则自甘沉沦，在抱怨中庸碌一生。何不用一种超然的态度，以平常心做人，以进取心做事呢？

♀开心直通车

小毛上幼儿园了，有一天，老师问："谁知道世界上有多少个国家？"

小毛说："我知道！"

老师说："那你说说都有哪些国家。"

小毛说："有两个国家，就是中国和外国！"

♂心灵格言：静默是表示快乐的最好的方法；要是我能够说出我心里多么快乐，那么我的快乐只是有限度的。

——莎士比亚

人生何必绕弯路

写作关键词　充实、忙碌、不断扩充、退休

写作论点　1. 幸福其实就在我们身边。

　　　　　　 2. 我们要有一双发现幸福的眼睛。

有一个美国商人坐在墨西哥海边一个小渔村的码头上，看着一个墨西哥渔夫划着一艘小船靠岸。小船上有好几尾大黄鳍鲔鱼，这个美国商人对墨西哥渔夫能抓到这么高档的鱼恭维了一番，还问要多少时间才能抓这么多？墨西哥渔夫说，才一会儿工夫就抓到了。美国人再问："你为什么不待久一点，好多抓一些鱼？"

墨西哥渔夫不以为然："这些鱼已经足够我一家人生活所需啦！"

美国人又问："那么你一天剩下那么多时间都在干什么？"

墨西哥渔夫解释："我呀？我每天睡到自然醒，出海抓几条鱼，回来后跟孩子们玩一玩，再跟老婆睡个午觉，黄昏时晃到村子里喝点儿小酒，跟哥儿们玩玩吉他，我的日子可过得充实又忙碌呢！"

美国人不以为然，帮他出主意，他说："我是美国哈佛大学企管硕士，我倒是可以帮你忙！你应该每天多花一些时间去抓鱼，到时候你就有钱去买条大一点儿的船。自然你就可以抓更多鱼再买更多的渔船。然后你就可

以拥有一个渔船队。到时候你就不必把鱼卖给鱼贩子，而是直接卖给加工厂。然后你可以自己开一家罐头工厂。如此你就可以控制整个生产、加工处理和行销。然后你可以离开这个小渔村，搬到墨西哥城，再搬到洛杉矶，最后到纽约。在那里经营你不断扩充的企业。"

墨西哥渔夫问："这又花多少时间呢？"

美国人回答："15~20 年。"

"然后呢？"

美国人大笑着说："然后你就可以在家当皇帝啦！时机一到，你就可以宣布股票上市，把你的公司股份卖给投资大众。到时候你就发啦！你可以几亿几亿地赚！"

"然后呢？"

美国人说："到那个时候你就可以退休啦！你可以搬到海边的小渔村去住。每天睡到自然醒，出海随便抓几条鱼，回来后跟孩子们玩一玩，再跟老婆睡个午觉，黄昏时晃到村子里喝点儿小酒，跟哥儿们玩玩吉他了！"

墨西哥渔夫疑惑地说："我现在不就是这样了吗？"

★★★心灵感悟

生活中，我们常把简单的事情搞得复杂，我们创造了所谓的商业、市场经济、全球化等太多的时髦外衣，但却成了金枷锁。让更多的人迷失了方向，它成了我们生活中的累赘和障碍，就像我们现在往往必须求助各种中介才能让买卖双方达成交易一样。

♀健康好医生

海鱼的鱼油中含有丰富的不饱和脂肪酸，能起到降低血脂的作用。鱼油中含有的多烯脂肪酸与血液中的胆固醇结合后，可降低血液黏稠度，有效地消除血管内沉积的脂肪，是血管中的"清道夫"。

♂**心灵格言：**生命在闪光中现出绚烂，在平凡中现出真实。

——伯克

重视手边清楚的现在

写作关键词 何去何从、期望未来、重视现在
写作论点 1. 只有把握今天，才能创造财富。
2. 人生价值的实现在于当下的行动。

1871年春天，一个蒙特瑞综合医院的学生偶然拿起一本书，看到了书上的一句话。就是这句话，改变了这个年轻人的一生。它使这个原来只知道担心自己的期末考试成绩、自己将来的生活何去何从的年轻的医学院学生，最后成为他那一代最有名的医学家。他创建了举世闻名的约翰·霍普金斯学院，被聘为牛津大学医学院的钦定讲座教授，还被英国国王册封为爵士。他死后，用厚达1466页的两大卷书才记述完他的一生。

他就是威廉·奥斯勒爵士，而下面，就是他在1871年看到的由汤冯士·卡来里所写的那句话："人的一生最重要的不是期望模糊的未来，而是重视手边清楚的现在。"

威廉·奥斯勒爵士曾在耶鲁大学做了一场演讲。他告诉那些大学生，在别人眼里曾经当过4年大学教授、写过一本畅销书的他，拥有的应该是"一个特殊的头脑"，可是，他的好朋友们都知道，他其实也是个普通人。他的一生得益于那句话——人的一生最重要的不是期望模糊的未来，而是重视手边清楚的现在。很久以前，曾经有两位哲人游说于穷乡僻壤之中，对前来听教的人说了一句流传千古的话："不要为明天的事烦恼。明天自有明天的事，只要全力以赴地过好今天就行了。"许多人都觉得耶稣说过的这句话难以实行，他们认为为了明天的生活有保障，为了家人，为了将来出人头地，必须做好准备。我们当然应该为明天制订计划，却完全没有必要去担心。现代生活中，存在着一个惊人的事实，证明了现代生活的错误。在美国，医院里半数以上的病床都被精神病人占据着，而这些人大多是因为不堪忍受生活的重负而精神崩溃的。可是，如果他们谨奉耶稣的

箴言"不要为明天的事忧虑",谨记威廉·奥斯勒爵士的话"人只能生存在今天的方格里",只活在今天,就能成为一个快乐的人,满意地度过一生。

★★★心灵感悟

昨天就像使用过的支票,明天则像还没有发行的债券,只有今天是现金,可以马上使用。今天是我们轻易就可以拥有的财富,无度地挥霍和无端地错过,都是一种对生命的浪费。

♀趣味小知识

耶鲁大学是一所坐落于美国康乃狄格州纽黑文市的私立大学,始创于1701年,初名"大学学院"(CollegiateSchool)。耶鲁大学是美国历史上建立的第三所大学,今为常青藤联盟的成员之一。

♂**心灵格言**:在时间的大钟上,只有两个字——现在。

——莎士比亚

不要盲目羡慕别人的生活

写作关键词 愁眉不展、遥远、豁然开朗

写作论点 1. 幸福要靠辛勤的双手来创造。

2. 人要有正确的幸福价值观。

一对青年男女甜蜜地度过了恋爱阶段,共同走进了婚姻的殿堂。成家以后,他们开始辛苦地劳动,以便能够过上幸福生活。然而一切都是刚刚开始,他们也都不是超人,故挣钱不多,生活依旧过得平平淡淡,为此妻子整天愁眉不展。她羡慕那些有钱人的生活,认为那样的生活才是真正的幸福。可是,那种生活离他们太遥远了,对他们来说,只能是一个难以实现的梦。

虽然日子有些清苦,可丈夫却不像她一样整天为钱发愁。他是一个十

分乐观的人，为了能够让妻子明白什么是幸福，他总是在寻找机会开导妻子。

一天，他和妻子一同去医院探望一个朋友。朋友对他们说："我总是不满足于现状，总想拥有更多的财产。于是，我拼命赚钱。为了赚钱，我顾不上身体，结果就病倒了。"

回到家里，丈夫问妻子："如果我现在给你足够的钱，也让你躺在医院里，你会感到幸福、快乐吗？"

妻子摇摇头回答说："当然不会。"

几天后，夫妻俩到郊外散步。路上他们看到了一座漂亮的别墅，一位白发苍苍的老者坐在别墅的花园里发呆。

丈夫问妻子："假如让你住进这样的别墅，同时让你变成一个白发苍苍的老太婆，你愿不愿意？"

妻子不假思索地回答："当然不愿意。"

丈夫笑着对妻子说："虽然我们现在的日子很贫穷，但是我们还有两双能够创造财富的手，你还有什么可愁的呢？"

听完丈夫的话，妻子豁然开朗，往昔的忧愁、苦闷一扫而光，取而代之的是快乐、幸福。

★★★心灵感悟

总是美慕别人的生活，就会给自己造成混乱和迷茫，甚至使自己不得安宁。美慕别人的代价，常常就是失去自己。不去美慕别人，你才会找到自己的生活，完成你自己的事业，达到你自己的目标，过好你自己的日子。

♀趣味小知识

诺贝尔奖为何下午颁发？

每次诺贝尔奖的发奖仪式都是在下午举行，这是因为诺贝尔是1896年12月10日下午4 30去世的。为了纪念这位对人类进步和文明作出过重大贡献的科学家，在1901年第一次颁奖时，人们便选择在诺贝尔逝世的时刻举行仪式。这一有特殊意义的做法一直沿袭到现在。

☺**心灵格言：**如果容许我再过一次人生，我愿意重复我的生活。因为，我从来就不后悔过去，不惧怕将来。

——蒙田

简单平凡的生活

写作关键词　想象力、极致、和谐、平凡简单

写作论点　1. 正确的幸福观能指导人们积极面对生活。

　　　　　　2. 幸福就是一种家的感觉。

新创刊的《漫画周刊》为了尽快扩大读者群体，提高发行量，该刊物的负责人推出了一个大胆的创意，即在该刊物上开展一项"征画活动"，要求应征作品以"如果世界末日到来你要做什么"为主题。

在规定的日期内，来自全国各地的作品堆积如山。大多数参赛人的目的只是为了赢得这场比赛，获取高额的奖金。在众多作品中，每位应征者都将想象力发挥到了极致，有的画中描述了一对情侣，他们在世界的最后时刻互相拥抱在一起，一边喝酒一边接吻；有的描绘的是一些白领人士在世界的最后时刻坐在马路上焚烧钞票；有的充分发挥想象力，在世界的最后时刻乘上宇宙飞船逃往其他星球。

在堆积如山的作品中，最后获得10万美金的却是一位残疾女孩的一幅素描画，她在画中为人们展现出的是一个和谐的家庭：妻子在厨房里洗碗筷，丈夫则坐在沙发上看报，两个小男孩正坐在地板上摆弄着积木。

评委们一致认为这幅画是这次"征画活动"的最后胜出者。因为，这幅画蕴涵着平凡简单却真实而意味深远的意义。

★★★心灵感悟

幸福真的很简单。幸福就是一种感觉、一种好的心情，一种满足。拥有健康的身体、一份自己喜欢的工作、一个温馨的家庭，就是幸福。只要你用一颗平常心对待生活的起伏，常怀感恩之心。生命里、生活中，珍惜全部的拥有，就是最幸福的。

♀趣味小知识

人们补钙的时候，往往只注意补充维生素 D，却不知道还要补充镁。钙与镁就像一对双胞胎，总是成双成对地出现，当钙与镁的比例为 2：1 时最利于钙的吸收利用。

含镁较多的食物有坚果（如杏仁、腰果和花生）、黄豆、瓜子（向日葵子、南瓜子）、谷物（特别是黑麦、小米和大麦）、海产品（金枪鱼、鲑鱼、鲭鱼、小虾、龙虾）等。

♂心灵格言： 当你能够感觉你愿意感觉的东西，能够说出你所感觉到的东西的时候，这是非常幸福的时候。

——塔西伦

5.放弃有时是智者的选择

挫折之后更努力

写作关键词 讥讽、一筹莫展、增加决心、收获

写作论点 1. 与其无谓地生气，不如用行动来证明自己。

2. 人要经受得起挫折的磨砺。

约翰的父亲是一个既高傲又穷困的贵族。

父亲把他送进了一所贵族学校就读。在这里，与他往来的都是一些在他面前极力夸耀自己富有，而讥讽他穷苦的同学。这种一致讥讽他的行为，虽然引起了他的愤怒，而他却只能一筹莫展，屈服在威势之下。

约翰实在受不住了，他写信给父亲，说道："为了忍受这些外国孩子的嘲笑，我实在疲于解释我的贫困了。他们唯一高于我的便是金钱，至于说到高尚的思想，他们是远在我之下的，难道我应当在这些富有而高傲的人之下谦卑下去吗？"

"我们没有钱，但是你必须在那里读书。"这是他父亲的回答，因此他忍受了 5 年的痛苦。但是每一种嘲笑，每一种欺侮，每一种轻视的态度，都使他增加了决心，发誓要做给他们看看，他确实是高于他们的。

他是如何做到的呢？这当然不是一件容易的事，他一点也不空口自夸，他只在心里暗暗计划，决定利用这些没有头脑却傲慢的人作为桥梁，使自己得到技能、富有、名誉和地位。

等他到了部队时，看见他的同伴正在用多余的时间追求女人和赌博，而他那不受人喜欢的体格使他决定改变方针，用埋头读书的方法，去努力和他们竞争。读书是和呼吸一样自由的，因为他可以不花钱在图书馆里借书读，这使他得到了很大的收获。

他并不是读没有意义的书，也不是专以读书来消遣自己的烦恼，而是为自己理想的将来做准备。他下定决心要让全天下的人知道自己的才华。因此，在他选择图书时，也就是以这种决心为选择的范围。他住在一个既

小又闷的房间内，在这里，他脸无血色，孤寂，沉闷，但是他却不停地读下去。

约翰的长官看见他的学问很好，便派他在操练场上执行一些任务，这是一些极为复杂的任务。他的任务完成得极好，于是他又获得了新的机会，约翰开始走上有权势的道路了。

这时，一切的情形都改变了。从前嘲笑他的人，现在都涌到他面前来，想分享一点他得的奖励金；从前轻视他的人，现在都希望成为他的朋友；从前揶揄他矮小、无用、死用功的人，现在也都改为尊重他。他们都变成了他的忠心拥戴者。

★★★心灵感悟

如果想要别人敬仰你，尊重你，你就要拿出点成就来让他们觉得你值得敬仰和尊敬。欺侮和鄙视是给你的警告：你现在还没有成就，没有资格让别人正眼待你。唯一的办法就是：坚持不懈地学习，用知识武装头脑，用技术提高能力，当有机会来临时，一鸣惊人！

♀生活小帮手

擦亮不锈钢水池的妙法：

1. 使用废弃的保鲜膜擦拭。将用完的保鲜膜卷成团，用来擦拭水池内壁，你会发现水池变得光亮而干净。

2. 利用装水果的塑料袋擦拭。将收集起来的包装水果的塑料袋卷成圆团，在有污迹的地方再放入一些洗涤剂，效果会更好。

♂**心灵格言：**凡事都要脚踏实地地去工作，不驰于空想，不骛于虚声，惟以求真的态度作踏实的工夫。以此态度求学，则真理可明，以此态度作事，则功业可就。

——李大钊

放下手中的花生

写作关键词　躲避、任人宰割、绝望、内心的障碍
写作论点　1. 犹豫只会给自己设置障碍。
　　　　　　　2. 不要害怕失败，保持战斗的勇气。

　　有这样一个著名的心理学实验，在这个实验中，有一批狗在一个很简单的任务上都失败了。

　　实验中，有一个很大的笼子，底是铁做的。笼子中间有一个铁栅栏，把笼子分为两半。把狗放进笼子的一边，在笼子底上通电，狗受到电击，会感觉到尖锐急剧的刺痛。一些狗受到电击后，会很快地跳到笼子的另外一边去，从而躲避了电击。在另一边受到电击时，这些狗又会很轻松地跳回来，到没有通电的一边去。这个任务是很简单的，随着通电部位的变化，狗就在这个箱子中间，穿梭跳动以躲避电击。因此这个箱子也被形象地称为"穿梭箱"。但是，有另外一批同样的狗，它们在穿梭箱中受到电击时，不做任何跳跃和挣扎的动作，只会浑身发抖，低声哀鸣，一副失败的可怜样。为什么这些狗会表现出这种任人宰割的惨相呢？原来，心理学家在把这些狗装进穿梭箱前，对它们进行了如下操作：把这些狗拴在一根铁柱子上，时不时地用电刺激它们，狗受到电击后会挣扎、跳跃、咆哮，但是无论它们怎样挣扎，都摆脱不了电击的折磨，经过几天数十次的电击和无效的挣扎后，这些狗都放弃了努力，在受到电击时，只是趴在地上，瑟瑟发抖，低声哀鸣，再也不挣扎了。这时，再把这些狗放进穿梭箱中，对这种轻轻一跃就能摆脱的电击刺痛，它们也认了。这些失败的狗，挣不脱柱子，不进一步"调查研究"，就以为跳不过栅栏，犯了"逻辑错误"。

　　实验中的狗失败了，其实这种失败的感觉我们每个人都曾有过。在我们通往目标的过程中，由于自己采取的行动和进行的努力多次受阻而感到绝望。此后，在遇到类似的情况时就会不自觉地在心里为自己设置各种各

样的障碍。而最终的失败往往就是我们内心所设的障碍和恐惧造成的。

蜘蛛猿是一种生长在中南美洲的、很难捕捉的小型动物。多年来人们想尽方法捕捉它们用装有镇静剂的枪去射击或用陷阱捕捉，都无济于事，因为它们的动作实在太快了。后来，有人想出了一个办法，在一个窄口的透明玻璃瓶内放进一颗花生，然后等待蜘蛛猿走向玻璃瓶，伸手去拿花生。当它拿到花生时，你就可以逮到它了。

因为当时蜘蛛猿手握拳头紧抓着那颗花生，所以它的手抽不出玻璃瓶，而那个瓶子对它来说又太大了，使它无法拖着瓶子走。但它十分顽固——或者是太笨了——始终不愿意放下那颗已经到手的花生。就算你在它身旁倒下一大堆花生或香蕉，它也不愿意放开手中那颗花生，所以，这时狩猎者便可以轻而易举地抓到它。

★★★心灵感悟

人生的光荣，不在于永不失败，而在于有种屡败屡战、永不退缩的勇气。正如歌中所唱，"阳光总在风雨后……"如果因为一时的受挫就轻易地退出"战场"，那么你就是真的失败了；如果总是因为害怕失败而丢掉前行的勇气，就永远不会追求到心中的梦想。

♀生活小帮手

很多人吃橘子时都会把橘子上的"白丝"剥掉。其实，这里面含有丰富的黄酮类物质，对身体大有裨益。橘子带着"白丝"吃。苦中带甜的口味，仔细品尝其实并不差。

♂**心灵格言**：慎重者，始若怯，终必勇；轻发者，始若勇，终必怯。

——苏轼

每一次危机都是转机

写作关键词　沉沦、寻找机会、捉弄人、改变、热忱

写作论点　1. 试着改变，你也许会获得另一种成功。

　　　　　　2. 不怕失败，坚持下去就会成功。

凯尔·华伦是缅因州康柏伦人，20多岁时父亲去世，留下一家小型公司。由于家庭经济困难，凯尔无法继续上大学，实现成为建筑师的梦想。但是，他并没有沉沦，而是想办法在逆境中寻找机会，将小公司经营得有声有色。

5年后，凯尔结了婚，建立了自己的家庭，拥有了轿车和卡车。

但是，命运之神总喜欢捉弄人，一场严重车祸让凯尔的努力付诸流水，而未付的账单堆积如山。最后，凯尔失去了所有东西：事业、房子、轿车、卡车，还有他的妻子。

凯尔无法承受一下子失去这么多的东西，于是放弃了自己。他原本乐观进取的想法也救不了他。有将近两年的时间，凯尔或在街上游荡，或在酒馆里买醉，情况也越来越糟，最后落魄到有时住在游民收容所，有时住在桥下、空房子中。

有一次，凯尔以废弃的旧仓库为家，晚上睡觉时被一只从脚上跑过的大老鼠惊醒。凯尔起身把老鼠赶走，再度躺下时哭了起来。

"我祈祷情况能有所改变。"凯尔说，"这股涌向我的感觉，真是我这一辈子发生过的最奇特的事。我在那天凌晨3点钟醒来，想到了一个居家修缮服务的点子，叫'租个老公来做工'。"

凯尔一小步一小步迈向成功之路，他在老鼠乱窜的废弃仓库中，夜里忽然灵机一动，第二天早上马上把身上仅剩的500元美金投资在这个点子上。

凯尔借用朋友的房子安装了一部电话，印了一些传单，传单上写着：

"需要一名老公吗？别硬撑了，何不租我当您的临时老公？"然后，凯尔到以前离婚互助团体聚会的教堂，把传单放在路边车子的挡风玻璃上，没想到效果出奇地好。

接着，凯尔用100美元从车商处买了一部旧货车，用彩色胶带在车身贴上字样，开始开着货车在城里到处跑，到处打零工。

有一天，一家电视台的记者在路边拦下凯尔的车，跟他说："你知道有多少人打电话给我，要我报道在城里跑来跑去的租个老公来做工的卡车吗？"

这位记者听完凯尔的故事，看过了他当时栖身的仓库后，为国家广播公司的波特兰电视台做了一篇凯尔的专访。

"我花了200美元将那次电视专访录成好几卷录影带，寄给其他不同的节目。《莫利·波维奇脱口秀》的工作人员打电话来，要请我做嘉宾。接下来发生的事大家都很清楚了。"凯尔说。

虽然凯尔想将自己的成就归功于聪明才智，但是他强烈地感觉到，只要大家和他一样乐于接受改变，其实有许多人都能从低谷中站起来，去重新获取事业上的成功。

"我们可以从直觉中得到许多讯息，只要我们愿意聆听，坚持下去，未来就会更好。"凯尔认为，许多人做不到坚持下去这一点。

"没有热忱和勇气的话，任何改变都不会有用。"凯尔说，"以我而言，我当时抛掉了对一切的恐惧，再也不害怕了，我不怕死亡，不怕失败，不怕孤注一掷。"

★★★心灵感悟

谁都希望自己顺风顺水，但是这永远只是一个美好的愿望。李嘉诚说，一个人只有面对和忍受逆境的痛苦，个人成功的机遇才能表现出来。所以，如果你不甘于平庸，那就从今天开始，从跌倒的地方勇敢地爬起来，尝试着去改变自己的命运吧。

♀ 健康好医生

酸奶是一种有助于消化的健康饮料，有的家长常用酸奶喂食婴儿。然而，酸奶中的乳酸菌生成的抗生素，虽然能抑制很多病原菌的生长，但同时也破坏了对人体有益的正常菌群的生长条件，还会影响正常的消化功能，尤其是患胃肠炎的婴幼儿及早产儿，如果喂食他们酸奶，可能会引起呕吐和坏疽性肠炎。

♂ 心灵格言：没有不冒风险就能克服的风险。

——皮布里吕斯让·诺安

不被外物所扰

写作关键词 满足、惊喜不已、失眠、砸个粉碎

写作论点 当思维混乱时，不妨停下脚步，反省自己。

老街上有一位老铁匠。由于早已没人需要打制的铁器，现在他改卖铁锅、斧头和拴小狗的链子。

他的经营方式非常古老和传统。人坐在门内，货物摆在门外，不吆喝，不还价，晚上也不收摊。你无论什么时候从这儿经过，都会看到他在竹椅上躺着，手里是一个半导体，身旁是一把紫砂壶。

他的生意也没有好坏之说，每天的收入正够他喝茶和吃饭。他老了，已不再需要多余的东西，因此他非常满足。

一天，一个文物商从老街经过，偶然看到老铁匠身旁的那把紫砂壶。因为那把壶古朴雅致，紫黑如墨，有清代制壶名家戴振公的风格，他走过去，顺手端起那把壶。

壶嘴内有一记印章，果然是戴振公的，商人惊喜不已。因为戴振公在世界上有捏泥成金的美名，据说他的作品现在仅存3件，一件在美国纽约州立博物馆里；一件在台湾故宫博物院；还有一件在泰国某位华侨手里，是1993年在伦敦拍卖市场上以16万美元的拍卖价买下的。

商人端着那把壶，想以 10 万元的价格买下它。当他说出这个数字时，老铁匠先是一惊，后又拒绝了，因为这把壶是他爷爷留下的，他们祖孙三代打铁时都喝这把壶里的水，他们的汗也都来自这把壶。

壶虽没卖，但商人走后，老铁匠有生以来第一次失眠了。这把壶他用了近 60 年，并且一直以为是把普普通通的壶，现在竟有人要以 10 万元的价钱买下它，他转不过神来。

过去他躺在椅子上喝水，都是闭着眼睛把壶放在小桌上，现在他总要坐起来再看一眼，这让他非常不舒服。特别让他不能容忍的是，当人们知道他有一把价值连城的茶壶后，蜂拥而至，有的问还有没有其他的宝贝，有的开始向他借钱，更有甚者，晚上来推他的门。他的生活被彻底打乱了，他不知该怎样处置这把壶。

当那位商人带着 20 万元现金，第二次登门的时候，老铁匠再也坐不住了。他招来左右店铺的人和前后邻居，拿起一把斧头，当众把那把紫砂壶砸了个粉碎。

现在，老铁匠还在卖铁锅、斧头和拴小狗的链子，据说他已经 102 岁了。

★★★心灵感悟

当我们不能控制某事的时候，就要在内心中果断地喊"停"。正如一部好车优于一般的车的地方就是有好的制动系统，也就是刹车。所以我们要有向前冲的热情，还要有当停则停的本领。

♀趣味小知识

紫砂壶，是中国特有的，是手工制造的陶土工艺品。紫砂壶的起源一直可以上溯到春秋时代的越国大夫范蠡，已有 2400 多年的历史。从明武宗正德年间以后紫砂开始制成壶，从此蔚成风气，名家辈出，五百年间不断有精品传世。紫砂泥原料，主要分为紫泥、绿泥和红泥三种，俗称"富贵土"。因其产自江苏宜兴，故称宜兴紫砂。相传古时候宜兴街头，一日突然有一僧人沿街叫卖："卖富贵土了！谁买富贵土？买了就可以发家致富。"因此而得名。

⚘**心灵格言：**或许你不能支配自己的工作，但你能够使生活发生转变。

——麦金尼斯

🍁 别让自己束缚自己

写作关键词 彷徨、困扰、无病呻吟、庸人自扰

写作论点 1. 做事情不要瞻前顾后，犹豫不决。

2. 放开手脚才能做好自己的事情。

有一位年轻人去找心理学教授，他对大学毕业之后何去何从感到彷徨。他向教授倾诉了所有的烦恼：没有考上研究生，不知道自己未来的发展；女朋友将去一个人才云集的大公司，很可能会移情别恋……

听了这些之后，教授没有说什么，只是让他把烦恼一一写在纸上，然后判断其是否真实，一并将结果也记在旁边。经过实际分析，年轻人发现其实自己的真正困扰很少。他看看自己那张困扰记录，不禁说道："无病呻吟！"教授注视着这一切，微微对他点点头。然后，教授对他说："你看见过章鱼吗？"

年轻人茫然地点点头。

"有一只章鱼，在大海中，本来可以自由自在地游动，寻找食物，欣赏海底世界的景致，享受生命的丰富情趣。但它却找了个珊瑚礁，然后动弹不得，呐喊着说自己陷入绝境，你觉得如何？"

教授用讲故事的方式引导年轻人思考。

年轻人沉默了一会儿说："您是说我像那只章鱼？"年轻人自己接着说，"真的很像。"于是，教授提醒他："当你陷入烦恼的习惯性反应时，记住你就好比那只章鱼，要松开你的八只手，用它们自由游动。系住章鱼的是自己的手臂，而不是珊瑚礁的枝桠。"

在生活中，也时常问问自己：我是不是也像章鱼那样，喜欢自己束缚

住自己的手脚。生活中，工作中，原本就存在着许多琐碎、繁杂的事情，所以我们不要自己寻找麻烦，庸人自扰。放开自己的手脚，更要放开自己的心，让自己自由自在地在生活中完美演绎。

★★★心灵感悟

　　"天下本无事，庸人自扰之"。我们总在自己的思维圈套中钻来钻去，从一个假设到另一个假设，都是缺乏自信、心浮气躁的表现。做好自己的事情，顺应事情的发展，"兵来将挡，水来土掩"。未雨绸缪固然是好事，但想多了就变成"杞人忧天"了。

♀文化资料库

　　《呻吟语》是明朝晚期著名思想家、哲学家吕坤所著的探讨人生哲理的一部著作。作者针对明朝后期由盛转衰出现的各种社会弊病，提出了兴利除弊、励精图治的种种主张，并阐述了自己对修身养性、人情世故等方面的心得体会和见解，对当今世人颇有借鉴意义。

　　♂心灵格言：不要失去信心，只要坚持不懈，就终会有成果的。

——钱学森

一美元的别墅

写作关键词　狐疑、不可思议、尝试、把握机会
写作论点　机会来临时一定要抓住，从不怀疑。

　　一家报纸上刊登了这样一则广告："一美元购买豪华别墅。"
　　一位年轻人看到这则广告觉得很不可思议，但是，他仍然揣着一美元，按报纸上的地址找去。
　　他找到了广告上刊登的地方。随即敲门，一位少妇为他开了门，少妇把年轻人领到家里，说："瞧！就是这座房子。"年轻人还是有点儿狐疑，只是哦哦地应着少妇的话。

于是，他有点儿不安地付了少妇一美元，没想到少妇真的把别墅给了他。办完手续，他终于忍不住问那个少妇："太太，你能告诉我这是为什么吗？"

少妇叹了口气说："实话跟你说吧，我丈夫死前把家产留给了我，只有这座别墅是属于他那个情妇的。但是，他在遗嘱里把别墅的拍卖权交给了我，所得款项归他的情妇。为了惩罚那个女人，我决定一美元卖掉它。"年轻人恍然大悟。

后来，朋友们都知道他有了一套很漂亮的别墅，好奇地问起来历，年轻人便把事情的经过告诉了他们。当听完他的叙述后，朋友们都失声叫道："啊，上帝，一周前我也看到那则广告了！"

★★★心灵感悟

成功者和失败者的区别就在于，成功者总是不断尝试，从不怀疑到来的机会，能把握住不容易发现的、不明显的机会。

♀成长好习惯

美国科学家研究发现，不吃早餐的人身高体重比（BMI）偏高，也就是体重超标，还爱犯困，做事无精打采；讲究吃早餐的人则精力充沛得多，身形也相对匀称。最营养健康的西式早餐是：两片全麦面包、一块熏三文鱼和一个西红柿。全麦面包含有丰富的碳水化合物和纤维；西红柿的番茄红素有利于骨骼的生长和保健；三文鱼中丰富的 omega-3 脂肪酸和蛋白质对身体更加有益。

♂心灵格言：最有把握的希望，往往结果终于失望；最少希望的事情，反会出人意外地成功。

——莎士比亚

办公室里的垂钓者

写作关键词 不值一提、存在的意义、满足、内心宁静
写作论点 1. 人们要懂得珍惜生活的美好。
　　　　　　　2. 要宽容待人，享受生活。

几年前，我开始通过高倍望远镜观察星空，并阅读理解一些天文学家为像我这样的天文爱好者所写的书。一时间，我痴迷上了观测星空。

迄今为止，人类在对宇宙的探索中发现，在固定星云中，太阳不过是一颗极普通的燃烧着的恒星。对于银河，我总想称之为"星河"，它包含着无数个地球的姊妹星球，所有的星球都围绕着一个轴心转动，而这个轴心也在朝着某个未知的方向移动。地球不过是银河系中亿万颗星球中的一个，而银河系又是宇宙中无数星系中的一个。宇宙中究竟有多少个星系，我就不得而知了。

在浩瀚的宇宙中，太阳是如此地渺小，而它的子孙地球更是不值一提，以至于一想到它的分量，我就会想起欧·亨利对它的形容——"无用的化身"。

我存在的意义何在？我个人、我的民族或者我的世界，我们的存在又会产生怎样的影响？

我的生命轨道究竟延伸向何方，这个问题真的有意义吗？谁是整个宇宙的主宰，他有着怎样的想法？

我得好好想一想这些问题……一切是那样浩瀚、那样必然、那样无法掌控。当我闭上双眼思考这一切时，一幅极其悲壮的画面便会出现在我的脑海中。

后来有一天，我在树林里看到一只长着黑色斑点的英国种塞特猎犬，几根酸模芒刺缠在了它的尾巴上。对像我这样的人而言，这种情况再平常不过了。以前，我总会停下来把刺拔掉。然而不知何故，这一次我突然意

131

识到，这只活蹦乱跳的猎狗身负着一个艰巨的使命：将芒刺播撒到某个地方，这个道理就像司机让陌生人搭顺风车一样。芳草花会在风儿的帮助下离开故土，飘向新的家园；而这几根芒刺依靠的就是猎犬的尾巴。冥冥之中，一切皆有定数。我也是如此。

我相信，渺小而孤寂的地球应尽量完善地处理自己的一切——然而随着人口的增加，这一原则越来越难以实现。

多年前，初到纽约时我发现，与小镇相比，大都市里的生活和办事节奏要快很多。为了在激烈的竞争中生存，人们必须如此。

一周内，我要与那些都市人一起挤几次地铁，他们看起来都相当可憎。但当我在溪边钓鳟鱼碰到城里人时，我会发现他和其他人没什么区别。他会兴趣十足、甚至热心地与我聊天，询问我的"战绩"，或是请教有关鱼饵的问题。我也会停下来，提醒他那块黑蠓鱼饵可能有点大。

无论是在办公室还是在自家院中，我都会像在溪边垂钓时一样，多与同事或邻里交流，并常常静下心来体会世间万物的伟大。就这样，我试着尽善尽美地处理一切，就像那几根芒刺和那些遥远的星辰。我发现，这样做不仅有着无穷的乐趣，而且能够带给我幸福、满足以及内心的宁静。

★★★心灵感悟

在茫茫宇宙中，万事万物都是互相联系而存在的，芳草花会在风儿的帮助下飘向新的家园；而芒刺撒播到各个地方依靠的就是猎犬的尾巴……人也是如此，无论你身处怎样孤寂或繁华的环境之中，都需要有一颗宁静的心灵，去与身边的人沟通交流，从而享受生活本身带给我们的快乐和幸福。

♀趣味小知识

我们看到星星一闪一闪的，这不是因为星星本身的光度出现变化，而是与大气的遮挡有关。大气隔在我们与星星之间，当星光通过大气层时，会受到大气的密度和厚薄影响。大气不是绝对透明的，它的透明度会根据密度的不同而产生变化。所以我们在地面透过它来看星星，就会看到星星好像在闪动的样子了。

♂心灵格言： 每一个人都有属于自己的一片森林，迷失的人迷失了，相逢的人会再相逢。

——村上春树

只怪你没听他的话

写作关键词 提醒、无能为力、倾听

写作论点 1. 要虚心接受别人的意见。

2. 多多倾听，才会不断进步。

有一个穷人骑着马赶路。临近中午的时候，他感到又饿又乏，于是，他停止了行进，将马拴在一棵树上，然后坐下来吃午饭。

这时，一个赶路的富人也在这里停了下来，并把自己的马也拴在那棵树上。

"我的马还没有驯服，它会把你的马踢死的，你最好还是把它拴到别处。"穷人提醒道。

"我愿意把马拴在哪里就拴在哪里！你管得着吗？"富人说。

没过多久，两匹马果然踢咬起来。当他们赶到拴马的地方时，富人的马已经被踢死了。

"你看你的马都干了些什么！你必须赔我一匹马。"有钱人对着穷人吼道。

说着，便拉着穷人去见法官。

"他的马真的是被你的马踢死的吗？"法官问穷人。

穷人什么也没有回答。法官又问了几个问题，他都一字不答。

最后法官说："我也无能为力，他不会说话，是一个哑巴。"

"哦，您不要被他骗了，他是装的！刚才他还告诉我，说他的马还没有驯服，让我将马拴到别处，如果拴在一起，他的马会踢死我的马的。"有钱人怒气冲冲地说道。

"既然他是这样说的，那他有什么错呢？他早就提醒你了，只怪你没听他的话！"法官说。

★★★心灵感悟

要学会倾听，上帝给了每个人两只耳朵一个嘴巴，为的就是让我们少说多听。要善于倾听好的或不好的建议与劝告，别人的批评尤其值得我们重视，或许那正是我们需要改进的，如果一意孤行，你也会像故事中的富人一样白白损失了一匹好马。

♀ 健康好医生

预防痘痘关键在于身体的全面调理，除减轻压力、不要太劳累外，日常饮食可以起到非常重要的辅助调节作用。在饮食调理上，要改变一些不良的饮食习惯，减少糖、油以及刺激性食物的摄入。在晚饭时多吃一些红薯、芹菜等膳食纤维比较丰富的食物。

预防痘痘还要适当补充维生素，增加新鲜蔬果的摄入是非常有必要的。一些富含纤维素又促进消化的蔬菜、水果，像大拌菜就是不错的选择。

♂ **心灵格言**：兼听则明，偏听则暗。

——唐·魏征

徐本禹的选择

写作关键词 选择、支教、希望、孤独、寂寞、坚持

写作论点 1. 人的信念可以克服一切困难。

2. 无私的人值得人们的尊敬。

1999 年，徐本禹成为华中农业大学的一名学生。那年秋冬之交，天气很冷，他还只穿着一件单薄的军训服。一位同学的母亲送了他两件衣服，第一次远离家乡，第一次远离亲人，第一次在外地得到好心人的帮助……让徐本禹永远不能忘怀。

2003 年，徐本禹以高分考取了本校的硕士研究生。然而，2003 年 4 月 16 日，徐本禹却作出了让所有人大吃一惊的决定：放弃攻读研究生的机会，去岩洞小学支教……电话那头，听到这个消息的父亲哭了，父亲用发颤的声音说："全家尊重你的选择，孩子，你去吧，我们没有意见……"

徐本禹第一次知道贵州的狗吊岩是在 2001 年，当时他读大三，很偶然读到了一篇题为《当阳光洒进山洞里……》的文章："阳光洒进山洞，清脆的读书声响起，穿越杂乱的岩石，回荡在贵州大方县猫场镇这个名叫狗吊岩的地方。这里至今水电不通，全村只有一条泥泞的小道通往 18 千米外的镇子，1997 年，这里有了自己的小学——建在山上的岩洞里，5 个年级 146 名学生，3 个老师……"读着读着，徐本禹哭了。

读完这篇文章，他决定要用自己的方式帮助山洞里的孩子。徐本禹开始在学校为岩洞小学募捐，号召大家和他一起利用暑假时间到贵州支教，给孩子们带去一些希望。

在学校和同学们的支持下，2002 年暑假，徐本禹带着募捐来的三大箱子衣服、一口袋书和 500 元钱，第一次和几个同学坐上了开往贵州的火车。

徐本禹第二次来到狗吊岩村，与他同来的还有 7 名志愿者。后来由于水土不服等种种原因，志愿者一个又一个离开了。8 月 1 日这天，最后一个志愿者也坐上了返回武汉的长途车，车窗内外，去送行的徐本禹同他无语对视。"如果感觉真的坚持不下去，就回学校吧，要不，你在这里自己开伙做饭也行，你这样也坚持不下去的。"同学的一番话让他对自己有些担心。

徐本禹住在一间 10 多平方米的房子里，房间里很少见到阳光，这个小空间成了他学习的乐园——一张比较大的桌子上摆满了书，地上摆放着生活用品和好心人捐的物品，原本狭小的房间变得更加狭小。原来不吃辣椒的徐本禹到了这里之后，每天都要吃辣椒，而且这里的卫生条件很差，苍蝇到处乱飞，在吃饭的时候经常发现苍蝇在里面。"当地情况就是这样，刚开始很恶心。我对自己说，就当没看见罢了。饿的时候，一顿可以吃 3 碗玉米饭。只有吃饱了，身体才有保障，才能在这里支教下去。"

徐本禹在这里一周要上 6 天课，每天上课时间达 8 个小时。他自己负责五年级 1 个班，除了教语文、数学外，还要教英语、体育、音乐等。由

于信息闭塞，学生不了解外面的任何东西。学生写一篇200多字的文章有20多个错别字是很正常的现象。"刚开始上课的时候，我问全班40名学生中有多少人听说过雷锋的名字，结果只有4个人知道；全班没有一个人听说过焦裕禄；只有一个学生听说过孔繁森，我心中有一种钻心的痛，我不知道这些孩子应该从什么地方教起。"

2004年4月，徐本禹回到母校华中农业大学作了一场报告。谁也没料到，他在台上讲的第一句话是："我很孤独，很寂寞，内心十分痛苦，有几次在深夜醒来，泪水打湿了枕头，我坚持不住了……"本以为会听到激昂的豪言壮语的学生们惊呆了，沉默了。许多人的眼泪夺眶而出。

报告会后，他又返回了狗吊岩村，依然每天沿着那崎岖的山路，去给孩子们上课。

到需要帮助的地方去！

★★★心灵感悟

"我很孤独，很寂寞……"没有豪言壮语，没有劝说引导，有的只是内心的执著与行动的坚定。那份义无反顾的不悔与信念会激励我们多多关注身边的人与事，会使山里的孩子看到更美好的未来。

♀成长好习惯

青少年要注意用眼卫生，阅读时注意眼睛与书的距离，姿势要端正，不能躺着看书或边走边看；注意阅读的照明光线要充分，阅读写字连续40分钟应休息、视远，不能过多地沉溺于游戏机、电视之中。坚持每天做眼保健操。视力下降应及时到医院检查、治疗。此外，还应注意饮食习惯及营养搭配，避免铬、钙等微量元素缺乏。

⚘**心灵格言**：人生应该如蜡烛一样，从顶燃到底，一直都是光明的。

——萧楚女

心灵的镜子

写作关键词　影响判断、互相信任、看待自己
写作论点　1. 爱别人首先要爱自己。
　　　　　　2. 与人交往要真诚，充满信任。

美国某大学的科研人员进行过一项有趣的心理学实验，名曰"伤痕实验"。他们向参与其中的志愿者宣称，该实验旨在观察人们对身体有缺陷的陌生人作何反应，尤其是面部有伤痕的人。

每位志愿者被单独安排在没有镜子的小房间里，由好莱坞的专业化妆师在其左脸做出一道血肉模糊、触目惊心的伤痕。志愿者被允许用一面小镜子照照化妆的效果后，镜子就被拿走了。

尤为关键的是最后一个步骤，化妆师表示需要在伤痕表面再涂一层粉末，以防止它被误擦掉。实际上，化妆师用纸巾偷偷抹掉了化妆的痕迹。

对此毫不知情的志愿者们被派往各医院的候诊室，他们的任务就是观察人们对其面部伤痕的反应。

规定的时间到了，返回的志愿者们竟无一例外地叙述了相同的感受——人们对他们比以往更加粗鲁无理、不友好，而且总是盯着他们的脸看！

毫无疑问，他们的脸上什么也没有，是不健康的自我认知影响了他们的判断。

与脸上的伤痕相比，一个人心灵的伤痕虽然隐蔽得多，但同样会通过自己的言行显现出来。如果我们自认为有缺陷、没有价值，也往往会以同样怀疑、缺乏爱心、令人气馁的态度对待别人，从而很难建立起互相信任的人际关系。

人的心灵就像一面镜子，你感知到的是什么样的世界，取决于你如何看待自己。

★★★心灵感悟

外在的伤痕或许可以很轻易地祛除，但一个人心灵深处的伤痕却是很难将其抹去的。如果我们自认为有缺陷、没有价值，也往往会以同样怀疑、缺乏爱心、令人气馁的态度对待别人，从而很难建立起互相信任的人际关系。人的心灵就像一面镜子，你感知到的是什么样的世界，取决于你如何看待自己。

♀趣味小知识

中国在公元前 2000 年已有铜镜。但古代多以水照影，称盛水的铜器为鉴。汉代始改称鉴为镜。汉魏时期铜镜逐渐流行，并有全身镜。现代镜子是用 1835 年德国化学家利比格发明的方法制造的，把硝酸银和还原剂混合，使硝酸银析出银，附在玻璃上。一般使用的还原剂是食糖或四水合酒石酸钾钠。1929 年英国的皮尔顿兄弟以连续镀银、镀铜、上漆、干燥等工艺改进了此法。

♂**心灵格言：**对人的热情，对人的信任，形象点说，是爱抚、温存的翅膀赖以飞翔的空气。

——苏霍姆林斯基

人生不需要太多的行李

写作关键词　保持平静、终生遗憾、驱除恐惧
写作论点　1. 人生有些时候要学会放弃。
　　　　　　　2. 人生需要轻装上路。

大卫是纽约一家报社的记者，由于工作的缘故他经常去外地，满世界地跑新闻。那天，他又要赴外地采访。像往常一样，他收拾好行李，一共 3 件，一个大皮箱装了几件衬衣、几条领带和一套讲究的晚礼服。然后，他像往常一样和妻子匆匆告别就奔向机场。

到了机场，工作人员通知，他要搭乘的飞机因故不能起飞，他只好换

乘下一班飞机。在机场等了两个多小时，他才终于乘上飞机。飞机起飞时，他像往常一样开始计划到达目的地后的行程安排，利用短暂的时间做好采访前的准备。正当他绞尽脑汁地投入工作时，忽然飞机剧烈地震荡了一下，接着又是几下震荡，他头脑里第一个反应是：遇到故障了。广播里空中小姐告诉大家系好安全带，飞机只是遇到气流，一会儿就好了。

大卫靠在座椅上，也许是出于职业的敏感，他从刚才的震荡中意识到飞机遇到的麻烦不像空中小姐说得那么简单。果然，飞机又连续几次震荡，而且越来越剧烈。广播里传来空中小姐的声音，这次其他乘务员也全部站在机舱里，告诉大家飞机出了故障，已经和机场取得联系，设法安全返回。现在，飞机正在下落，为了安全起见，乘务员要求乘客把行李扔下去，以减轻飞机的重量。

大卫把自己的大皮箱从行李架上取下来，交给乘务员扔了出去。随后又把随身带的小皮包也扔了出去。飞机还在下落，大卫犹豫片刻才把小皮箱取下扔了出去。这时飞机下落速度减小了，但依然在下落，乘客骚动起来，婴儿开始哭叫，几个女人也在哭泣。大卫深深地吸口气，尽量使自己保持平静。他想起了妻子，早晨告别时太匆忙了，只是匆匆地吻了她一下，假如就此永别这将是他终生的遗憾。

他摸了摸身上所有的口袋，把身上的皮夹、钢笔、小笔记本都掏出来，给妻子写下简短的遗书："亲爱的，如果我走了，请别太悲伤。我在一个月前刚买了一份意外保险，放在书架上第一层那几本新书的夹页里，我还没来得及告诉你，没想到这么快就会用上。如果我出了意外，你从我身上发现这张纸条，就能找到那张保险单。我想它会帮你付一些账单的。原谅我，不能继续爱你。好好保重，爱你的大卫。"

大卫写完，把纸条叠好放在贴身口袋里，然后便把笔和本——他身上剩的最后两样东西一起扔了出去。他以最大的毅力驱除内心的恐惧，帮助工作人员安慰那些因恐惧而恸哭的妇女和儿童，帮着大家穿救生衣，告诉人们不要害怕，在关键时刻越是冷静危险就越小，生还的可能性就越大。机长宣布迫降，广播里广播着降落时的注意事项，最后的时刻终于到了，大卫闭上眼睛，在一阵刺耳的尖叫混合着巨大的轰隆声中，大卫感到一阵剧烈的撞击，他痛苦地在心中和妻子、亲人做最后的告别。

不知过了多长时间，大卫睁开眼睛，发现自己还活着。眼前的一切惨不忍睹，有的人倒在地上，有的人在流血，在痛苦地呻吟，他连忙加入救助伤员的队伍中。当他妻子哭着向他奔来时，他怀里抱着不知道是谁的孩子，贴身口袋里揣着写给妻子的小纸条，和妻子紧紧地拥抱在一起。这一回，他长长地吻着早晨刚刚别离却仿佛别了一世的妻子。

机上的乘客只有1/3得以生还，而大卫竟毫发无损，真是奇迹。当然他损失了3件行李，损失了一次采到好新闻的机会，不过他自己倒上了纽约各大报纸的头版。

★★★心灵感悟

生活中总有太多琐碎的事情纠缠在我们周围，如果整日纠缠其中就会忘掉了前进的路，只有学会选择，懂得放弃，轻装上路，我们才能走得更轻松，走得更遥远。

♀趣味小知识

民航飞机为什么不配降落伞？

民航飞机的飞行高度大大高于跳伞高度，空气稀薄，超低温，跳伞的人降到能生存的高度（4000米）时，早变成硬邦邦的尸体了，即使飞机冒险降到低高度，时速400千米左右的强相对气流也会把跳伞者吹到尾翼撞死，所以跳伞用的飞机多是尾部开门。更何况，未经训练的跳伞者，接地时也跟跳楼差不多，所以民航机组和乘客都不配降落伞。

♂**心灵格言**：在人生的大风浪中，我们常常学船长的样子，在狂风暴雨之下把笨重的货物扔掉，以减轻船的重量。

——巴尔扎克

快乐总在放弃后

写作关键词　看得开、放得下、太执著、放弃

写作论点　1. 放下生活中的烦恼，才能快乐。

　　　　　　　2. 人生不要太执著，有时也需要放弃。

有一个商人背着许多金银财宝，到远处去寻找快乐。可是走过了千山万水，也未能寻找到快乐，于是他沮丧地坐在山道旁。

这时，一个农夫背着一大捆柴草从山上走下来。商人说："我是个令人羡慕的商人，但为什么没有快乐呢？"

农夫放下沉甸甸的柴草，舒心地揩着汗水说："快乐很简单，放下就是快乐！"商人顿时开悟：自己背负着那么重的珠宝，老怕别人抢，总担心遭到别人的暗算，因此整天忧心忡忡，快乐又从何而来？于是商人将珠宝、钱财接济穷人，专做善事，慈悲为怀。这样的善举滋润了他的心灵，他也尝到了快乐的味道。

其实，像商人一样成天被名利缠身的人很多，他们总是心事重重、阴霾不开，那样又谈何快乐？商人最终放下了重担，得到了解脱，同时也得到了快乐。而生活中，又有几个人能心甘情愿地放弃本属于自己的名利呢？

只要你心无挂碍，什么都看得开、放得下，何愁没有快乐的春莺在啼鸣，何愁没有快乐的泉溪在歌唱，何愁没有快乐的白云在飘荡，何愁没有快乐的鲜花在绽放！

人们总是希望有所得，以为拥有的东西越多，自己就会越快乐。人们沿着追寻获得的路走下去，可是有一天，却忽然惊觉：我们的忧郁、无聊、困惑、无奈以及一切的不快乐，都和我们的要求有关，我们之所以不快乐，是因为我们渴望拥有的东西太多了；或者，太执著了，不知不觉，我们已经执迷于某个事物上了。

其实，人生的悲哀之处莫过于太拘泥于一点；而为了这一点，我们又错失了很多风景。"快乐总在放弃后"，也是我们获得幸福的最好方法。

★★★心灵感悟

生活中，我们时刻都在取与舍中选择，我们又总是渴望着取，渴望着占有，却常常忽略了舍，忽略了占有的反面就是放弃。懂得了放弃的真意，也就体会到了与世界一样博大的境界。

♀开心直通车

晚上，小小来找毛毛，"走，我们到院子里去数星星。"

毛毛："天这么黑，能数得清吗？我看，今晚上我们还是先睡觉，等明儿天亮了再数吧。"

♂**心灵格言**：有取有舍的人多么幸福，寡情的守财奴才是不幸。

——鲁达基

放弃的魅力

写作关键词 公平、善良、正义、宽容
写 作 论 点 有时放弃不是退缩，而是对他人的宽容。

在英国的曼彻斯特城，英格兰超级足球联赛第 18 轮的一场比赛在埃弗顿队与西汉姆联队之间进行。比赛只剩下最后一分钟时，场上的比分仍然是 1∶1。

这时，埃弗顿队的守门员杰拉德在扑球时膝盖扭伤，巨痛使得他将四肢抱成一团在地上滚动，而足球恰好被传给了潜伏在禁区的西汉姆联队球员迪卡尼奥。

球场上原来的一片沸腾顿时肃静下来，所有的人都在等待。迪卡尼奥离球门只有 12 米左右，无须任何技术，只要一点点力量，就可以把球从容打进对方球门。那样，西汉姆联队就将以 2∶1 获胜，在积分榜上，他们因

此可以增加三分。埃弗顿队之前已经连败两轮，这个球一进，他们就将遭受苦涩的"三连败"。

在几万现场球迷的注视下——如果算上电视机前的观众，应该是数百万人的注视下，西汉姆联队的迪卡尼奥没有用脚踢球，而是将球抱在了怀中。

掌声，全场雷动的掌声，如潮水般滚动的掌声，把赞美之情献给了放弃射门的迪卡尼奥，或者说，是献给迪卡尼奥体现出来的崇高的体育精神——和平、友谊、健康、正义！

第二次世界大战时还发生过这样一件事：黎明时分，一个士兵伏在战壕里，手握着上膛的枪瞄着敌人的方向。这时候，对方阵地上走出了一个人。士兵正要扣动扳机，突然发现那个人没有带枪，而且已经松掉裤子开始小便。士兵放开了扣扳机的手指，他想：我不能向一个没带枪而且正在小便的人射击，这是不公平的。

这个故事里的士兵，其行为逻辑和迪卡尼奥十分相似。他们这样做，不能被解释为善良，实际上是一种比善良更理性的正义。

对一个人来说，善良是可贵的；但对一个世界来说，正义具有更崇高的精神价值。因为多数时候，人们并不缺少善良，却缺少正义。

★★★心灵感悟

俗话说，退一步海阔天空。学会放弃也是一种生活的智慧，懂得放弃才能收获更多，以退为进更显英雄本色。而有些放弃，赢得的可能不是成功，却是人们的举手称赞和对手的友谊。这样的放弃更具有动人的魅力。

♀成长好习惯

一个身体正常的青年，如果经常赖床贪睡，同时又不合理饮食，不运动，势必能量储备大于消耗，就容易形成肥胖；如果平时生活有规律，逢节假日却睡懒觉，便会扰乱体内生物钟的时序，使激素水平出现异常波动，导致心绪不悦、疲惫。如果因为舒适的睡觉淹没食欲，使得肠胃经常发生饥饿性蠕动，黏膜的完整性遭到破坏，这就容易发生胃炎、溃疡和消化功能不良等症状。起床迟的青年，其肌张力都低于一般人，爆发力不

足、动作反应迟缓。

而且早晨卧室空气混浊，长时间呼吸混浊的空气会给肌体带来很大损害。因此，青年不要睡懒觉。

♂**心灵格言**：生我所欲也，义亦我所欲也。二者不可得兼，舍生而取义是也。

——孟子

🍁 拿得起，还要放得下

写作关键词　抑郁、心灰意冷、乐观向上
写作论点　1. 放得下心情才会快乐。
　　　　　　2. 放弃是一种豁达，一种积极的生活态度。

小倩是一位漂亮的大学生，她有白皙的皮肤、苗条的身段和文雅的气质，她总是轻声细语、低头蹙眉，一说话就脸红，很是让人怜爱。不少男同学都喜欢她，她收到的情书弄得同学们心里酸酸的。晚上寝室熄灯了，她总在蚊帐里打着手电看，同宿舍的女生都在猜她肯定在一遍遍地读情书。

后来，校报的主编，那个高个子的风流才子打动了她的芳心。他们表现得十分浪漫，在清晨湖边的小山坡上朗诵普希金的《窗》；在傍晚的小树林里手拉着手漫步；在挤得满满的图书馆里两人面对面地坐着，时不时意味深长地对笑一下；两人同打一把伞，共买一碗菜，只买一套教材。这一对恋人是那么地忘情，那么地醒目，虽然大家不免有些嫉妒的议论，但不得不承认他们是金童玉女，希望他们成为眷属。

出人意料的是，半年后小倩就从幸福变成了抑郁，公众场合也不见了他们亲密的影子，她回到宿舍就躲进蚊帐不再有动静，夜深了还能听到她时不时发出幽幽的叹气声。同学们猜出了原因，可没人敢问她，大家知道她敏感而脆弱。不久同学们又都看到了那位才子风流的身影，他与外语系

的英一起打羽毛球，跳探戈，说起话来中英文夹杂。大家对"才子"充满了愤恨，跑去质问他。他做作地耸耸肩，说："我听爱情的呼唤!"还说小倩没有魅力，英才能激起他生命的热情，气得大家恨不得把他按在地上痛打一顿。可怜的小倩受不了打击，患了严重的失眠症，没法上课，只能休学回家。

毕业了，小倩留在低一年级，在她快毕业时同学们去看她，发现她已经不太正常。她一人住一单间，表情像个受惊的兔子。她又多了洁癖，不让人们坐她的床，床用塑料布盖着，她不停地抹桌子、椅子，不停地洗手，还是如以往一样只字不提"才子"。回去的路上，同学们都没了言语，都感觉她的前景很是可怕。

但令人没想到的是小倩最终选择了死亡。在一个寒冷的冬天，她跳进了冰冷的湖里。小倩殉情这个惨烈的故事，对于我们任何人来讲都是个教训，它提醒我们，凡事都应拿得起，也得放得下。

每个人本来都具有充沛的精神活力，但往往会因为某些心理压力渐渐形成情绪问题：有时反应暴躁，有时反应淡漠，导致心灰意冷，万念俱灰，失去了乐观向上的生命斗志。为了避免意志消沉，我们必须培养积极的生活态度，一定要拿得起，放得下。唯有如此，才可以使我们随时保持冷静，消除心中的烦恼和不平衡情绪，让我们在失意之余，有机会喘一口气。

脑子的作用，不只是帮助我们记忆，更是帮助我们忘怀。我们应时时刻刻排解多愁善感的情绪，把恼人的往事放在一边。不要让自己被种种纷扰所困，而应让愉快的心情时时陪伴自己。只有这样，我们才能积极地投身于生活，才能精力充沛地去工作和学习。乐于忘怀是一种心理平衡。老是抓住一些事情念念不忘，实际深受其害的是自己。故事里面的小倩，为了一段情而葬送了如花的生命，这不值得，这样的殉情不可取。

我们生活在现在，面向着未来，过去的一切都被时间之水冲得一去不复返了。我们没有必要念念不忘那些不愉快，那些人间的仇怨。念念不忘，只能被它啮食，以致对生活失去信心，甚至导致精神崩溃，而陷自己于更难自拔的境地。

★★★心灵感悟

一个永远活在过去、活在记忆中的人，是不会有什么进步的。不仅会与现实生活脱节，也会威胁心理健康。过去的事，我们要懂得拿得起也要放得下，过去的痛苦、不快会自然而然消失的，要充满朝气地面对新生活。

♀健康好医生

睡眠时间过长与睡眠不足一样，都可导致神疲、体倦、代谢率降低，睡眠不宜过长，睡的时间过长后，心脏的跳动便会减慢，新陈代谢率亦会降得很低，肌肉组织松弛下来，久而久之，人就会变得懒惰、软弱无力起来，甚至智力也会随之下降。因此，人的睡眠时间不宜过长，成年人昼夜7-8小时也就足够了，如果想通过增加睡眠时间来获得健康，那将会适得其反，其恶果是增加疾病，缩短寿命。

♂心灵格言： 眼睛就是身上的灯。眼睛若明亮，全身就光明；眼睛若昏花，全身就黑暗。

——《圣经》

放弃

写作关键词 不合时宜、相配、负担
写作论点 放弃不切实际的，找到最适合自己的。

王府井正在举办一个景德镇的陶瓷展，怀着看热闹的心情，我走了进去。走进去就看见了一套精美的青花餐具。我看了看它的价签，3980元，对于我的收入而言，它当然太贵，但对于让我一见倾心的它的精美而言，我觉得值。而且，我刚搬了新家，买一份有缘相遇又确实动心的奢侈品，即使是错，也错得很美丽啊！我努力说服自己。

叫来导购小姐，请她从铺着金丝绒的玻璃展柜里将我心爱的餐具取出，我想零距离地再好好亲近一番它的精美。导购小姐一边开锁一边热情

地推销："这套餐具特别显档次，要再配上一套高档的餐桌椅，更显得高贵豪华！"我真得感谢这位导购小姐！她的过分的热情就像潜出开水壶的沸水一样不合时宜，正是她的不合时宜的热情一下烫醒了我的理智，也浇灭了我想拥有这套精美餐具的欲望。

"对不起！小姐，我不看这套餐具了。"我立马转身走出了展厅，留下导购小姐一脸惊愕地僵在那里。

导购小姐不知道，我的放弃，并不是因为这套餐具有什么不好，而是因为她的话提醒了我：这套餐具太好，还需要一套高档的餐桌椅相配！我家已买的餐桌椅显然与之不是一个档次。

在王府井的步行街上，我边走边想悟出了一个道理：人只能拥有和他相配的东西。所谓好东西，是好到正好的东西，而不是好到太好的东西。太好的东西往往会成为一种负担。

★★★心灵感悟

什么是好的，什么是不好的，世间一切事物都是相对的，没有绝对化。选择最好的，不一定是最好的选择，最相配的才是最好的。"正好即最好"，这个想必大家很明白。犹如谈恋爱，最优秀的不见得是最好的，最适合的才是最好的。这就是"正好"。

♀文化资料库

中国是瓷器的故乡，瓷器的发明是中华民族对世界文明的伟大贡献，在英文中"瓷器（china）"与中国（China）同为一词。大约在公元前16世纪的商代中期，中国就出现了早期的瓷器。丝绸与陶瓷是中国人民奉献给世界的两件宝物，这在一定程度上改变了所用民族的生活方式和价值观念。所以说，一部中国陶瓷史，就是一部形象的中国历史，一部形象的中国民族文化史。

♂心灵格言：一个人除非自己有信心，否则不能带给别人信心，自己信服的人，方能让别人信服。

——佚名

学会选择，学会放弃

写作关键词　眼前利益、长远大利、成功之道

写作论点　1. 不要贪图眼前小利。

　　　　　　2. 做事要分清主次轻重，放弃一些不必要的。

一个青年向一个富翁请教成功之道，富翁却拿了 3 块大小不一的西瓜放在青年面前，问："如果每块西瓜代表一定程度的利益，你选哪块？"

"当然是最大的那块！"青年毫不犹豫地回答。

富翁一笑："那好，请吧！"富翁把那块最大的西瓜递给青年，而自己却吃起了最小的那块。

很快，富翁就吃完了，随后拿起桌上的最后一块西瓜得意地在青年面前晃了晃，便大口吃起来。

青年马上明白了富翁的意思：富翁吃的瓜虽没有青年吃的瓜大，却比青年吃得多。如果每块西瓜代表一定程度的利益，那么富翁占有的利益自然比青年多。

吃完西瓜，富翁对青年说："要想成功，就要学会放弃，只有放弃眼前利益，才能获取长远大利，这就是我的成功之道。"

★★★心灵感悟

只有放弃眼前利益，才能获取长远大利。要想成功，就得学会放弃。

♀开心直通车

"爸爸，我觉得妈妈对我的教育不对头。"

"你这是指的什么？"

"在我很精神的时候，她强迫我睡觉；在我非常想睡的时候，她又叫醒我。"

悠然下山也是一种征服

写作关键词　挑战、自动放弃、明智

写作论点　1. 留得青山在，不怕没柴烧。

　　　　　　　2. 尽力做到最好，即使放弃也满足。

某登山俱乐部组织了一次攀登珠穆朗玛峰的活动，许多登山爱好者纷纷报名参加。在一个风和日丽的日子，他们开始了这趟极富险趣的挑战。

在最初的 1000 米，大家皆兴致勃勃，谁都不甘落后。

第二个 1000 米，一小部分人开始气喘吁吁，体力明显不支。

到了第三个 1000 米，已经有好几个人自动放弃了挑战。

坚持到第六个 1000 米时，原来四五十人的大队伍只剩下不到 10 个人了。看样子，这几个人都是决心坚持到最后了。但是在到达 6400 米的高度时，一个人突然停了下来，他指着自己的心脏对其他人说："我不行了，你们上去吧。"说完，他便找了个比较安全的山洞钻了进去。

后来，所有爬到山顶的人都为这个人表示遗憾：就差那么一点点了，何不咬咬牙登上去呢？老了回忆起来，也算是完成了珠穆朗玛之旅了。

"不，"他微笑着摇摇头，表情很自然，"我原来是个登山运动员，我晓得我自己的极限，6400 米是我生命的最高峰，所以我并没有什么遗憾。如果再往上登的话，除非我不要命。"

这句话顿时让所有人对他肃然起敬，为了他对挑战极限的明智理解，更为了他对生命的爱惜和尊重。

★★★心灵感悟

悠然下山也是一种征服，是对自己的征服。有些事，需要及时收场，需要重新再来，需要顺其自然。

♀趣味小知识

珠穆朗玛峰位于中华人民共和国和尼泊尔交界的喜马拉雅山脉之上，终年积雪，是世界第一高峰（已知太阳系最高峰是海拔27000米的火星奥林匹斯山）。1953年5月29日，来自新西兰的34岁登山家埃德蒙·希拉里作为英国登山队队员与39岁的尼泊尔向导丹增·诺尔盖一起沿东南山脊路线登上珠穆朗玛峰，是记录上第一个登顶成功的登山队伍。2005年5月22日中华人民共和国重测珠峰高度测量登山队成功登上珠穆朗玛峰峰顶，再次精确测量珠峰高度，珠峰新高度为8844.43米。

♂**心灵格言**：人的活动如果没有理想的鼓舞，就会变得空虚而渺小。

——车尔尼雪夫斯基

6.为自己寻找广阔的舞台

后退两步看人生

写作关键词　争论、道歉、蒙蔽、后退两步、海阔天空

写作论点　1. 退一步海阔天空。

　　　　　　2. 要做一个宽容的人。

白天上班的时候，和同事为了一件工作上的事情而争论，我们谁也不让谁，最后两人闹得很不愉快。回到家里，我还生着她的气。

吃过晚饭，我照例打开电脑。打开邮件时，我看到同事发过来的一封信。心想，我白天才和她闹翻，她晚上就给我发邮件干什么？况且有什么事情，不能在办公室里说呢？但我还是忍不住打开了邮件。

我轻轻地点击了一下附件，只听见"砰"地一声响，电脑屏幕上出现了一堆什么也看不清的乱码和马赛克，乱码上面还有一些大红的色彩。除了这些，别的什么也没有了。

看到电脑上的这幅画面，我是又惊又气。惊的是同事给我发来了一封邮件；气的是她是电脑高手，这封邮件要真有病毒，我的电脑不就彻底毁掉了吗？

就在我准备拨同事电话的时候，我看见电脑屏幕上刚才还什么文字都没有，这时在电脑右下角，突然跳出一行字来：请后退两步，再看这封邮件。

我心里一愣，不知道同事到底要做什么。我按照提示后退了两步，却发现：刚才看到的那些乱码和马赛克已经变成了清晰的"抱歉"两个字；刚才看到的那些大红的色彩，现在变成了一个心形图形。我终于明白了同事这封邮件的含义：她是在用心向我道歉！看到这里，我不由为自己刚才的莽撞和因一时的冲动而对她误解感到惭愧。其实白天的那件事情，也并不完全都是她的不对呀。我原谅了同事，并决定，当即给她写一封回信，向她表示我的歉意。

从阅读同事的这封邮件中，我明白了一个道理：许多时候，当我们被一些事情蒙蔽，感到生气、焦躁或是不安的时候，不要急着往前冲，先后退两步，也许效果会大为不同。后退两步，并不表示我们甘于懦弱，它可以让我们的视野更开阔，能让我们把前面的路看得更清楚，好让我们有时间审时度势，把周围的情况分析得更透彻，从而做出正确的判断。并且，因为后退了两步，许多的矛盾，便会一下子化解得无影无踪，从而让你拥有海阔天空的心境。

★★★心灵感悟

人总是在进取的过程中，锱铢必较，与他人针锋相对，把对事情的辩论发展成对人的攻击，从而失去了辨别事情的理智。倘若能从该事件中走出来，作为旁观者看待的话，"让他三尺又何妨"。懂得忍让，才能提升人格魅力。

♀开心直通车

孙："奶奶！你年轻时一定不是美人。"

奶奶："胡说！我在年轻时，的确是个美人。"

孙："美人薄命，你怎么可以活到80岁？"

♂心灵格言：只有勇敢的人才懂得如何宽容；懦夫决不会宽容，这不是他的本性。

——斯特恩

勇于尝试你所想的事情

写作关键词 坚忍不拔、无往不胜、尝试、潜力、审视生活

写作论点 1. 生命的意义在于不断挑战自我。

2. 有梦想，就要不畏困难，努力实现它。

一个人有理想，还必须有实现理想的坚忍不拔的毅力，这样才能无往而不胜。让我们看看美国探险家约翰·戈达德的毅力吧，他一生确定了一百二十七个目标，现在已经实现了一百零六个。

远在四十四年前，约翰·戈达德就把他这一辈子想干的大事列了一个表。那时他仅仅是洛杉矶一个郊区里没见过世面的孩子。他把那张表命名为"一生的志愿"。表上列着：到尼罗河、亚马孙河和刚果河探险；登上埃佛勒斯峰（珠穆朗玛峰）、乞力马扎罗山和麦特荷恩山；读完莎士比亚、柏拉图和亚里士多德的著作；谱一部乐曲；写一本书；游览全世界的每一个国家；结婚生孩子；参观月球，等等。每一项都编了号，一共有一百二十七个目标。

他解释说："我写那张表，是因为在十五岁时我已清楚地认识到自己的阅历贫乏。我那时思想尚未成熟，但我具有和别人同样的潜力，我非常想做出一番事业来。我对一切都极有兴趣——旅行、医学、音乐、文学……我都想干，还想去鼓励别人。于是，我制定了那张宏伟的蓝图，心中有了目标，我就会感到每时每刻都有事做。我也知道周围的人往往墨守成规，他们从不冒险，从不敢在任何一个方面向自己挑战。我决心不走那条老路。"

戈达德在实现自己目标的征途中，有过十八次死里逃生的经历。他回忆道："这些经历教我学会了百倍地珍惜生活，凡是我能做的我都想尝试。人们往往活了一辈子却从未表现过巨大的勇气、力量和耐力，但是我发现当你自己想到自己反正要完了的时候，你会突然产生惊人的力量和控制

力，而过去你做梦也没有想到过自己体内竟蕴藏着如此巨大的能力。当你这样经历过之后，你会觉得自己的灵魂已升华到另一个境界之中了。"

他指出，差不多每个人都有自己的目标和梦想，但并不是每个人都去努力实现它们。戈达德对追求梦想的态度是极为可贵的。他曾说："'一生的志愿'是我在年纪很轻时立下的，它反映了一个少年的志向，其中当然有些事情我不再想做了，像攀登埃佛勒斯峰。制定奋斗目标往往是这样的，有些事可能力不从心，不能完成，但这并不意味着必须放弃全部的追求。"

重新审视一下你的生活，并向自己提出下面这个问题是很有好处的。

"假如我只能再活一年，那么我准备做些什么呢？"

★★★心灵感悟

如果随便问一个人：你想做什么？他肯定回答出一大堆想做的事来。再问他，为什么不去做。他又会罗列出一大堆不去做的理由，或者说没有时间，即使他整天无所事事。人有梦想不难，难的是勇于去实现梦想，而梦想其实并不是遥不可及，只是人在行动之前就被自己创造出来的困难吓倒了。

♀趣味小知识

喜马拉雅山脉包括世界上多座最高的山，有110多座山峰高达或超过海拔7，300米。其中之一是世界最高峰珠穆朗玛峰，高达8844.43米。这些山的伟岸峰颠耸立在永久雪线之上。数千年来，喜马拉雅山脉对于南亚民族产生了人格化的深刻影响，其文学、政治、经济、神话和宗教都反映了这一点。冰川覆盖的浩茫高峰早就吸引了古代印度朝圣者们的瞩目，他们据梵语词 hima（雪）和 alaya（域）为这一雄伟的山系创造了喜马拉雅山这一梵语名字。如今喜马拉雅山脉是对全世界登山者们最具吸引力的地方，同时它也向他们提出了最大的挑战。

☪**心灵格言**：要向大目标走去，就得从小目标开始。

——列宁

别犹豫，坚定地走下去

写作关键词 执意、溶化、后悔、欣喜若狂

写 作 论 点 1. 一往无前，你就能实现梦想。

2. 我们要勇敢面对人生中的许多困难。

一天，上帝宣誓说，如果哪个泥人能走过他指定的河流，就会赐给这个泥人一颗永不消逝的金子般的心。这道圣旨下达后，泥人们都没有回应，不知道过了多久，终于有一个小泥人站了起来，说他想过河。

"泥人怎么可能过河呢？你不要做梦了。"

"你知道肉体一点一点失去的感觉吗？"

"你将会成为鱼虾们的美味，连一根头发都不会留下的！"

其他泥人都在劝着他。

然而，这个小泥人执意要过河，他不想一辈子只做这么个小泥人，他想有一颗金子般的心。但是，他也知道，要拥有上帝赐予的心那就必须遵守他的旨意即要到天堂，必得先过地狱。而他的地狱，就是将要去经历的河流。

小泥人来到河边，沉豫了片刻，他的双脚踏进了水中。一种撕心裂肺的痛楚顿时覆盖了他。他感到自己的脚在飞快地溶化，每一分每一秒都在远离自己的身体。

"快回去吧，不然你会被毁灭的！"河水咆哮着说。

小泥人没有回答，只是沉默着往前挪动，一步，一步……这一刻，他忽然明白，他的选择使他连后悔的资格都不具备了。如果倒退上岸，他就是一个残废的泥人；在水中迟疑，只能够加快自己的毁灭；而上帝给他的承诺，则比死亡更加遥远。

小泥人孤独而倔犟地走着。这条河真宽啊，仿佛耗尽一生也走不到尽头似的。小泥人向对岸望去，看见了那里锦缎一样的鲜花和碧绿无垠的草

地，还有轻盈飞翔的小鸟。上帝一定坐在树下喝茶吧！也许那就是天堂的生活。可是他付出一切也几乎没有可能抵达。那里没有人知道他，知道他这样一个小泥人和他那梦一般的理想。上帝没有赐给他出生在天堂当花草的机会，也没有赐给他一双当小鸟的翅膀。但是，这能够埋怨上帝吗？上帝是允许他去做泥人的，只是他自己放弃了安稳的生活。

小泥人的泪水流了下来，冲掉了他脸上的一块皮肤。小泥人赶快抬起脸，把其余的泪水统统压回了眼睛里。泪水顺着喉咙一直流下来，滴在了小泥人的心上。小泥人第一次发现，原来流泪也可以有这样一种方式——对他来说，也许这是目前唯一可能的方式。小泥人以一种几乎不可能的方式向前挪动着，一厘米，一厘米，又一厘米。

鱼虾贪婪地啄着他的身体，松软的泥沙使他每一瞬间都摇摇欲坠，有无数次，他都被波浪呛得几乎窒息。小泥人真想躺下来休息一会儿，可他知道，一旦躺下就会永远地安眠，连痛苦的机会都会失去，他只能忍受、忍受、再忍受。奇妙的是每当小泥人觉得自己就要死去的时候，总有许多东西使他能够支持到下一刻。

不知道过了多久——简直就到了让小泥人绝望的时候，小泥人突然发现，自己居然上岸了。他如释重负，欣喜若狂，正想往草坪上走，又怕自己褴褛的衣衫玷污了天堂的洁净。他低下头，开始打量自己，却惊奇地发现，他已经什么也没有了——除了一颗金灿灿的心，而他的眼睛，正长在他的心上。

★★★心灵感悟

那些有梦想，并且敢于挑战困难，坚决实现梦想的人，都有一颗金子般的心。一旦他们决定做什么事情，就没有什么可以改变，唯一的路就是坚持到底。故事中的小泥人，不是因为他过了河才有了金子的心，而是他有一颗金子的心，才能突破万难到达天堂。

♀开心直通车

父亲责备儿子："邻居很不高兴，因为你打坏了他儿子的眼睛，你说那是意外，是真的吗？"

儿子说："当然是真的，我本来想打他的鼻子。"

♂心灵格言：你想有所作为吗？那么坚定地走下去吧！后爱退只会使你意志衰退。

——罗·赫里克

人生百年如何过

写作关键词 幸福无比、短促、享受生活、辛苦劳作

写作论点 人的一生有幸福也有遗憾，正是这些构筑了精彩的人生。

传说，上帝创造了亚当，对他说："你将会统治人间的一切生命，过上幸福无比的生活，然而这么美好、幸福的享受只有 30 年。"亚当觉得时光太短促了，祈求上帝再给他增加几年。

上帝考虑了一下，答应给他找几个动物，看看它们是否愿意把自己的寿命让出一部分来，送给亚当。

第一个出现的是驴子，上帝对它说："你命中注定要努力工作，身负重担，但却只能靠吃点草维持生命。"驴子的寿命是 40 年，它说："我为什么要受那么多年的苦呢？20 年足够了。"

亚当非常高兴地接受了驴子的礼物，这下，他能活 50 年了。

接下来，上帝又把狗叫来，对它说："你命中注定要成为主人的忠实奴仆，保护他和他的财产，而你只能吃到少量的食物，还要经常遭受拳打脚踢。"狗的寿命也是 40 年，它悲哀地叫道："我为什么要吃那么多苦？一半的时间足够了。"

亚当欢呼雀跃地接受了狗的馈赠。这样，他就能活到 70 岁了。

最后上来的是猴子，上帝对它说："你命中注定要用两只脚走路，供人玩乐取笑，至于吃的东西，只是人们的一点施舍罢了。"猴子的寿命是 60 年，它厌倦地撇撇嘴："为什么活那么长呢？30 年就已经不短了。"就这样，猴子把自己 30 年的寿命拱手送给了亚当，亚当自然是欣喜若狂。从

那时起，人就能活到100岁了。

这100年自然地分成4个阶段：

第一个阶段是从出生到30岁，这期间人们尽情地享受生活，身强力壮，过着自由自在的生活。

第二个阶段是从30岁到50岁，男人娶妻生子，东奔西走，赚钱糊口。为了生存，他不得不像驴子一样辛苦劳作，这就是20年驴子的生活。

第三个阶段是从50岁到70岁，他成为子女的奴隶，像一条狗一样，忠实地守护着儿女的财产，儿女们却不许他上桌吃饭，这就是20年狗的生活。

第四个阶段是从70岁到100岁，此时的人牙齿脱落，皱纹纵横，举止和外形都很奇怪，孩子们经常追逐取笑他们，这就是30年猴子的生活。

★★★心灵感悟

这个寓言告诉我们，人生不过百年，每个阶段的任务也都已经标明，身处哪个阶段，就要去做哪个阶段的事情，抛开所有的抱怨与委屈，欣然承受生命的重量。接受生命的美好，也接受生命的缺憾，以感恩之心，感谢生命，让我们存活于世。

♀开心直通车

父亲在电影院门前看到儿子，生气地说："你也不知道学习，光会看电影，我十回有九回都在这儿看见你！"

儿子说："我还比您少一次哪！"

♂心灵格言：幸福不在于拥有金钱，而在于获得成就时的喜悦以及产生创造力的激情。

——罗斯福

成名在 101 岁

写作关键词 试试看、创造生活、追求生活

写 作 论 点 1. 人要不断地学习，才能进步。

2. 人生的每时每刻都应充实、富有激情。

我第一次看到哈里·莱伯曼先生的画时，真没想到这是出自一位百岁老人之手。于是我决定去拜访他。

他住在长岛，那是一个又热又闷的天气，就连平常用来乘凉的树荫下也达到了40℃的高温。来到他的住处，我还以为这位老画家会坐在舒适的空调室里等我呢，出乎意料的是，他正在树荫下专心致志地绘制一幅油画。他告诉我，他和一个日历出版商签订了一项长期合同，那些画架上的作品就是其中的一部分。

老人精神很好，瘦长的身材，脸上布满了深深的皱纹，头发、胡须全都花白了。一双眼睛却闪烁着慈祥的光芒，衣着虽不是很讲究，但很合体。他看上去远不像一个百岁老人。

莱伯曼是80岁那年，在老人俱乐部里与画画结下缘分的。那一年，老人歇业已有6年了，他平时也没有什么事可做，就经常到城里的俱乐部去下棋，以此来消磨时间。有一天，经常接待他的女办事员告诉他，一直与他下棋的那位棋友因身体不适，今天不能前来作陪了。老人感到很是失望，无奈地转身想要回去。这位热情的女办事员叫住他说，楼上是画室，他要是没什么事，可以到画室去转一圈，顺便还可以试着画几下呢。

"您说什么，让我画画？"老人哈哈大笑起来，他说，"我这老头子可是从来都没有摸过画笔的，怎么能画画呢！我还是走吧。"说着就要走。

"那不要紧，试试看嘛！说不定你会喜欢上的，这不是也可以消磨会儿时间吗？"

在女办事员的坚持下，莱伯曼来到了画室。他平生第一次摆弄起画笔

和颜料，说来也奇了，一幅画很快就画了出来，人们惊奇地看着他的画，都说这位老人很像是一个专业的画家，他表现得很有天赋，他自己甚至都着了迷。81岁那年，老人开始去听绘画课，系统地学习绘画知识。

几年之后，一家颇有名望的艺术陈列馆在洛杉矶举办了一届绘画展览，其题为：哈里·莱伯曼101岁画展。这位百岁老人满脸笑容很精神地站在会展入口处，迎接着参加展览的四百多名来宾，其中不乏很有名气的收藏家、评论家和新闻记者。作品中表现出来的精神内容与创作技巧赢得了许多参观者的好评。

老人说道："我不认为我有101岁的年纪就没有再创造生活的机会了，我要向那些到了60、70、80或90岁就认为自己上了年纪的人表明，这还不是生活暮年。不要总是担心自己还能活几年，而要想还能做些什么。真的生活不是在算自己有限的日子，而是去追求生活！"

★★★心灵感悟

不管是什么年龄，没有人规定，你必须停留在某一个点或某一个状态。每一个健康、有精力的人，都应该发掘以前从来没有发现的一些内在的资源，找到他内心潜藏的能力，重新开始，为自己创造一个充满刺激的新生活。

♀历史名人志

列奥纳多·达·芬奇是一位意大利文艺复兴时期的多领域博学者，其同时又是建筑师、解剖学者、艺术家、工程师、数学家、发明家，他无穷的好奇与创意使得他成为文艺复兴时期典型的艺术家，而且也是历史上最著名的画家之一。他与米开朗基罗和拉斐尔并称"文艺复兴三杰"。达·芬奇以其画作的写实性及影响力而闻名，如《蒙娜丽莎》《最后的晚餐》《维特鲁威人》均以写实著称，对后世影响深远。

♂心灵格言：人生，始终充满战斗激情。

——惠特曼

学会利用自己的欲望

写作关键词 坏毛病、激励、欲望、如饥似渴、学习劲头

写 作 论 点 1. 做欲望的主人，时刻激励自己。

2. 要积极引导自己的欲望，提高自己。

一位朋友的孩子养成了乱花钱的坏毛病，刚 16 岁的他就想拥有自己的汽车，理由是：他所有的朋友都从父母那里得到了汽车。儿子想动用他上大学的储蓄作为首付买辆汽车，于是他父亲就从办公室给我打来电话。

"你认为我应该允许他这样做吗？或者我应该像其他父母那样给他买一辆汽车？"

对此我回答说："从短期来看这样做可能减轻你的精神压力，但从长远来看这样做会教给他什么呢？你能不能利用他这种希望拥有一辆汽车的欲望来激励你儿子去学点儿东西呢？"

我的朋友心里豁然一亮，赶忙回家了。

两个月后，我再次遇到这位朋友。"你儿子拥有了自己的汽车吗？"我问。

"不，他没有。但我给了他 3000 美元，我告诉他可以使用我的钱而不能动用他上大学的钱。"

"啊，你很慷慨呀！"我说。

"也不是，这笔钱只是作为一个绳套。我接受了你的建议，利用他这种想拥有一辆汽车的强烈愿望，促使他能够学到一些东西。"

"那么，绳套是什么？"我问。

"首先，我们玩了一次你的'现金流'游戏，然后我们就如何明智地使用金钱的问题进行了一次长谈。之后我给了他一张《华尔街日报》的订阅单，以及一些关于股票市场的书籍。"

"接下来呢？"我问。

"我告诉他这 3000 美元归他所有了，但他不能直接用它来购买汽车，他可以用这笔钱来买卖股票，也可以寻找他自己的股票经纪人。而一旦他把这 3000 美元增值到 6000 美元，他就可以用挣到的 3000 美元去买汽车，而我当初给他的 3000 美元仍要用在他上大学的支出上。"

"那么，结果怎么样？"我问。

"开始在交易中他很幸运，但几天之后他就把挣到的钱全赔光了，接下来他真正开始感兴趣了。今天，我想他可能已经损失了 2000 美元，但他的兴趣更大了，不仅读完了我买给他的所有书籍，还主动到图书馆去阅读更多的书。

"他如饥似渴地阅读《华尔街日报》，关注市场指标，看哥伦比亚全国广播公司的节目而不是从前爱看的音乐电视。现在他只剩下 1000 美元了，但他的兴趣和学习劲头冲天。

"他知道如果自己赔光了那笔钱，他就不得不再多步行两年，可他似乎并不在意这些了，他甚至看起来对获得一辆汽车也不那么感兴趣了，因为他发现了一项更有趣的游戏。"

"要是他赔光了所有的钱怎么办？"我问道。

"如果碰到难关，那就得跨过去。我宁可他现在赔掉一切而不愿等到他像我们这样的年龄时再去冒险赔光一切。而且，我想这是我用于教育他的所有钱中效果最好的 3000 美元，他从中学到的知识将使他受益终生。他将对金钱产生新的尊重，我想他不会再大手大脚花钱了。"

今天，我们常常是借钱来获得我们想要的某种东西，而不是把注意力集中在为自己创造金钱上。这样做在短期来看很容易，但长期来看却会产生问题。不论是个人还是国家，这都是一种坏习惯。

你能越早训练自己和自己所爱的人成为金钱的主人，结果就会越好。金钱是一种强有力的力量，不幸的是，大多数人用金钱的力量来对付自己。如果你的财商很低，金钱就会比你更精明，它会从你身上溜走。如果你没有金钱精明，你就将为之工作一生。

★★★心灵感悟

在某种程度上说，欲望也是我们上进的动力，但欲望是一把双刃剑，它可以令你斗志昂扬，也可能令你误入歧途，关键就在于要学会合理利用自己的欲望，让它为我们所用，而不能为其所害。

♀成长好习惯

即使早餐吃得不错，到上午十点半时，前一天储存的糖原也差不多用没了。你要想在一天剩下的时间仍像刚充完电，这时就必须加加餐。一块巧克力，或者一根能量棒，几块饼干，除补充能量以外，还能有效避免午餐暴饮暴食。

♂**心灵格言：** 一个人如果能够控制自己的激情、欲望和恐惧，那他就胜过国王。

——约翰·米尔顿

奔跑的鸭子

写作关键词 不可实现、拼命工作、奔跑

写 作 论 点 生活的激情让我们不断取得成功。

迈克是伦敦一家公司的一名低级职员，他的外号叫"奔跑的鸭子"。因为他总像一只笨拙的鸭子一样在办公室飞来飞去，即使是职位比迈克还低的人，都可以支使迈克去办事。

后来迈克被调入了销售部。有一次，公司下达了一项任务：必须完成本年度500万美元的销售额。

销售部经理认为这个目标是不可能实现的，私下里他开始怨天尤人，并认为老板对他太苛刻，为了使公司降低年度销售指标，有意将与之相关的工作计划一拖再拖。

只有迈克一个人在拼命地工作，到离年终还有一个月的时候，迈克已

经完成了他自己的全部销售额。但是其他人没有迈克做得好，他们只完成了目标的50%。

经理主动提出了辞职，迈克被任命为新的销售部经理。"奔跑的鸭子"迈克在上任后忘我地工作。他的行为感动了其他人，在年底的最后一天，他们竟然全都完成了剩下的50%。

不久，该公司被另一家公司收购。当新公司的董事长第一天来上班时，他亲自点名任命迈克为这家公司的总经理。

因为在双方商谈收购的过程中，这位董事长多次光临公司，这位"奔跑"的迈克先生给他留下了深刻的印象。

"如果你能让自己跑起来，总有一天你会学会飞。"

这是迈克传授给他的新下属的一句座右铭。

★★★心灵感悟

对工作的热情，使迈克圆满地完成一个又一个任务，是那份不息的热情，使迈克挑战高难度目标，最终迎来机遇的青睐。

♀健康好医生

食品安全五大要点：

1. 保持清洁。拿食物前先用肥皂洗手，食物制备过程中也要经常洗手；要清洗操作台面并保持餐厨用具的清洁；防止昆虫、老鼠及其他有害生物进入厨房接近食物。

2. 生熟分开。生鲜肉类、禽类和海产类食物要与其他食物分开，加工处理生鲜食物要用单独的器具，如刀、案板和其他用具。

3. 完全煮熟。食物，尤其是肉、禽、蛋类和海产品要完全煮熟。熟食不要在室温下存放超过2小时，即便在冰箱中，食物也不能储存过久。

5. 确保水和食物原材料安全。

♂**心灵格言：**我们的激情实际上像火中的凤凰一样，当老的被焚化时，新的又立刻在它的灰烬中出生。

——歌德

三份不同的薪水

写作关键词　相同的事、详细、心悦诚服

写作论点　1. 做任何事都要全面、细致。

　　　　　　2. 以追求完美的心态做事，注定会成功。

在东海岸的某一商业街，有一家著名的毛皮公司。这家公司的工作人员中有三兄弟。有一天，他们的父亲要求见总经理，原因是他不明白为何三兄弟的薪水不同。大儿子 A 的周薪是 400 美元，小儿子 B 的周薪是 250 美元，二儿子 C 的周薪是 150 美元。

总经理默默地听三兄弟的父亲说完，然后说："我现在叫他们三人做相同的事，你只要看他们的表现，就可以得到答案了。"总经理先把 C 叫来，吩咐说：

"现在请你去调查停泊在港边的 H 船。"

C 将工作内容抄下来后，就离开了。5 分钟后，他又出现在总经理办公室。

C 因为总经理命令他要尽快，所以他就利用电话询问，得到的结果是，船上有一批毛皮，以及它的数量和价格。

总经理再把 B 叫来，并吩咐他做同一件事情。

B 在 1 小时后，回到经理办公室。一边擦汗一边解释说，他是坐公车往返的，并且将 H 船上的货物数量、价值、品质等详细报告出来。

总经理再把 A 找来，A 说可能要花点时间。然后走了。

3 小时后，A 回到公司。

A 首先重复报告了 B 的报告内容，然后说，他已将船上最有价值的货品详细记录下来，为了方便总经理和货主订契约，他已请货主明天上午十点到公司来一趟。回程中，他又到其他两三家毛皮商公司询问了货物的品质、价格，并请可以做成买卖的公司负责人明天上午十一点到公司。

在暗地里看了三兄弟的工作表现后，父亲心悦诚服地说："再没有什么比他们的行动更能给我满意的答案了。"

★★★心灵感悟

对自己的不同要求，对工作的不同态度，都源于心底的那份执著、坚定的热情。它让你思考着如何行动，怎样坚持。

♀开心直通车

老师："我有两个题目，你能答出第一题就不需再答第二题。"

"你有多少根头发？"老师问。

"一亿两千万根。"学生答。

"你怎么知道？"老师问。

"第二题不需回答。"学生说。

♂**心灵格言**：人生最终的价值在于觉醒和思考的能力，而不只在于生存。

——亚里士多德

生命的热忱

写作关键词 热忱、积极心态、不可抗拒的力量

写作论点 热忱是一种力量，它可以克服一切困难和挑战。

热忱和积极的心态，以及你成功过程之间的关系，就好像汽油和汽车引擎之间的关系一样。热忱是行动的动力。

你可以运用积极的心态来控制你的思想，同样，你也可以运用积极的心态来控制你的热忱，以使它能不断地注入你心灵引擎的汽缸中，并在汽缸内被明确目标发出的火花点燃且爆炸，继而推动信心和个人进取心的活塞。

热忱是一股力量，它和信心一起将逆境、失败和暂时的挫折转变成为

行动。然而，这一变化的关键，在于你控制思维的能力，因为稍有不慎，你的思维就会从积极转变成消极。借着控制热忱，你可以将任何消极表现和经验转变成积极的表现和经验。

热忱对你潜意识的激励程度和积极心态的激励程度是一样的。当你的意识中充满热忱时，你的潜意识也同时烙上一个印象，那么你的强烈欲望和为达到欲望所拟订的计划是坚定不移的；当你对热忱的认识变得模糊不清，你的潜意识中仍然留存着对成功的丰富想象，并会再次点燃残存在意识中的热忱火花。

没有热忱的人，就好像没有发条的手表一样缺乏动力。一位神学教授说："成功、效率和能力的一项绝对必要条件就是热忱。"热忱这个字源于希腊文，是"神在你心中"的意思，一个缺乏热忱的人别想赢得任何胜利。

为了使你对目标产生热忱，你应该每天都将思想集中在这个目标上，如此日复一日，你就会对目标产生高度的热忱，并愿意为它奉献。詹姆士说："情绪未必会受理性的控制，但是必然会受到行动的控制。"积极的心态和积极的行动可升高热忱的程度，你必须为你的热忱制定一个值得追求的目标，一旦你将你的热忱导向成功的方向，它便会使你朝着目标前进。

真正的热忱是发自内心的热忱，发掘热忱就好像是从井中取水一样，你必须操作抽水机才能使水流出来，接着水便不断地自动流出。你可以对于你所知道或所做的任何事情付出热忱，它是积极心态的一种象征，会自然地从思想、感情和情绪中发展出来，但更重要的是你可以随心所欲地从内心唤起热忱。

热忱的力量真的很大！当这股力量被释放出来支持明确目标，并不断用信心补充它的能量时，它便会形成一股不可抗拒的力量，并足以克服一切贫穷和不如意，你可以将这股力量传给任何需要它的人。这恐怕是你能够动用热忱所做的最伟大工作了，激发他人的想象力，激起他们的创造力，帮助他们和无穷的智慧发生联系。

（［美］拿破仑·希尔）

★★★心灵感悟

> 热忱是生命的动力，没有热忱的生命注定是寂寂无闻而又平淡的。生活和工作都需要我们拿出热忱来，只有热爱才能全情投入，才能努力打拼，才能向着梦想步步靠近。如果对自己的现状不满意，就拿出你生命的全部热忱来吧！

♀成长好习惯

合理的早餐是怎样的呢？美国耶鲁大学的科学家进行了一项为期6个月的对比试验，一组每天以燕麦为早餐，一组以鸡蛋为早餐。吃鸡蛋的那组在胆固醇水平和血管健康值两项指标上和吃燕麦的那组没有太大的差别。而在考虑更多的营养指标后，科学家们认为煮得老一些的白水鸡蛋才是最佳的早餐，更别提其中还含有对心脏和大脑都健康的 Omega - 3 脂肪酸。

♂心灵格言：在热情的激昂中，灵魂的火焰才有足够的力量把创造天才的各种材料熔于一炉。

——司汤达

野心是生命的动力

写作关键词 贫穷之谜、生命动力、野心、火种

写作论点 1. 野心是不断进步的动力。

2. 保持适度野心，可以让你摆脱颓废，激情四溢。

巴拉昂是一位年轻的媒体大亨，以推销装饰肖像画起家。在不到 10 年的时间里，迅速跻身于法国 50 位首富之列。1998 年他因患前列腺癌在法国博比尼医院去世。临终前，他留下遗嘱，把 4.6 亿法郎的股份捐献给博比尼医院，用于前列腺癌的研究；另将 100 万法郎作为专项资金，奖给揭开贫穷之谜的人。

法国《科西嘉人报》在他去世后，刊登了他的遗嘱。遗嘱中写道：我

曾是一位穷人，去世时却是一个富人。在去世前，我不想把我成为富人的秘诀带走，现在秘诀就锁在法兰西中央银行我的私人保险箱内，保险箱的3把钥匙在我的律师和两位代理人手中。谁若能回答"穷人最缺少的是什么"而猜中我的秘诀，他将能得到我的祝贺。当然，那时我已无法为他的睿智而欢呼，但是他可以从那只保险箱里荣幸地拿走100万法郎，那就是我给予他的掌声。

《科西嘉人报》刊出遗嘱之后，就收到大量的信件，也收到了各种各样的答案。绝大部分人认为：穷人最缺少的是金钱，除此之外还能缺少什么？还有一部分人认为，穷人最缺少的是机会，一些人之所以穷，就是因为没遇到良机。另一部分人认为，穷人最缺少的是技能，现在能迅速致富的都是有一技之长者；一些人之所以成为穷人，就是因为学无所长。还有的人认为，穷人最缺少的是帮助和关爱，每个党派在上台前，都给失业者大量的许诺，然而上台后真正关心他们的又有几个？另外还有一些其他的答案，比如：穷人最缺少的是美貌，是皮尔·卡丹外套，是宽敞的住房……总之，答案千奇百怪。

在巴拉昂逝世周年纪念日，律师和代理人按他生前的交代，在公证部门的监督下打开了那只保险箱。在48561封来信中，有一位叫蒂勒的小姑娘猜对了巴拉昂的秘诀。蒂勒和巴拉昂都认为：穷人最缺少的是野心。

在颁奖之日，《科西嘉人报》带着所有人的好奇，问年仅9岁的蒂勒，为什么不是其他的答案，而想到是野心？蒂勒说："每次，我姐姐把她11岁的男朋友带回家时，总是警告我说：不要有野心！不要有野心！我想，也许野心可以让人得到自己想得到的东西。"

巴拉昂的谜底和蒂勒的回答见报后，引起了世界性的轰动。一些好莱坞的新贵和其他行业年轻的富翁在就此话题接受采访时，也都毫不掩饰地承认：野心是永恒的生命动力，是所有奇迹燃烧的火种。

★★★心灵感悟

如果你说这个人有"野心",那么大多数人会从你的话语中判断这个人占有欲很强。因为存在抢夺,所以从某种程度上来说"野心"是个危险的游戏;但是也只有明确了目标和野心,你才会一步步向目标迈步前进。所以,想要成功,我们需要做的就是保持适度"野心"。

♀健康好医生

跑步是保持身心健康的"另类疫苗"。长期坚持跑步锻炼,可以帮助提高心肺功能和血管机能,提高身体灵敏性、平衡能力和免疫力,还可以改善记忆力、观察力和思维创造力,给大脑注入新的活力。跑步还可以帮助释放现代人的生活压力,降低罹患抑郁症的概率。

♂**心灵格言:** 没有激情,人只不过是一种潜在的力量。就像火石,在它能够发出火星之前等待着铁的撞击。

——阿米尔

你生来就是冠军

写作关键词 障碍、困难、冠军、激励人生

写作论点 保持一份成功的渴望,并积极付诸实践,你就会成功。

大学毕业这么久了,许多事情都淡忘了,唯有一位专家到学校的演讲至今令我记忆犹新。为了对大学生进行性教育,学校的心理咨询中心特意请来一位性病防治中心的专家给我们讲课。

专家是一名非常风趣的老先生,他摊开演讲稿,然后拿出3幅图解挂在讲台前。一幅是男性生殖器图,一幅女性生殖器图,还有一幅是受精卵形成图。同学们顿时鸦雀无声,这是我们第一次这么直白地面对这些东西,每个人都十分严肃。

老先生并不理会同学们的惊异，而是提了一个问题作为他演讲的开场白："大家知道吗？你生来就是要做冠军的。"而后，老先生指着挂图道："今天主要讲第三个图解，这是我讲的重点，要知道你们来到人世间是多么的不容易。"

"你知道吗，你是一个很特殊的人，为了生下你，许多战斗发生了，这些战斗又必须以成功告终。想想吧，成千上万甚至上亿的精子参加了那次战斗，然而其中只有一个赢得了胜利，就是构成你的那一个。这是为了达到一个目标而进行的大规模的战斗，这个目标就是结合一个宝贵的卵，你的生命决定性的战斗就是在这样的微型战场上进行的。"

这时，很多低着头的女生抬起了头，对老先生的讲解充满了赞同。老先生接着说，"所以你能来到这个世界，你就已经是一名冠军了。"台下的同学以热烈的掌声回应了老先生。

老先生接着讲道："……然后，你们现在已经进入大学，也就相当于半只脚已经跨进社会的大门，以后你会遇到很多障碍和困难，但是你要记住你生来就是一名冠军了，现在无论有什么障碍和困难挡在你成长的道路上，它们都不到你在成胎时所克服的障碍和困难的十分之一那么大……"

这是一场激励人生的精彩演说，老先生的一番话让我们懂得了人生的不易。

★★★心灵感悟

人在孕育的那刻，就决定了人类的伟大。人人都是冠军的材料，谁才能成为真正的冠军，只有那些能够产生热烈愿望，并付诸实际行动的人，才能摆脱平庸走向成功。因此，在人的一生当中，只要我们能用一颗积极的心去面对一切，去不断努力，每个人就都是冠军。

♀心灵魔法师

正确减压。当你需要减压时，不要对着手机说个没完或者干脆扔手机泄愤。那种这样就能排泄负面情绪的说法根本没有什么根据。你要做的是更积极地思考问题，深呼吸，然后全身放松。

☺**心灵格言：**激情由最初的意识形成，它是心灵的青春。

——莱蒙托夫

不断进取的克罗尔

写作关键词　用武之地、扭转颓势、孜孜进取、埋头苦干

写作论点　1. 人要保持进取心。

　　　　　　2. 有进取心的人不怕困难，敢于挑战，终究会获得

成功。

亚·克罗尔 1938 年出生在美国的一个工人家庭。由于家庭经济条件差，他边打工边学习。在校期间，他学习成绩优秀，文笔很好，被选为校刊主编，他的一篇学术论文引起了《新闻周刊》的注意。《新闻周刊》采访了克罗尔，从中了解到克罗尔今后的打算：或当律师或投身于广告事业。

这个消息被杨·鲁比肯广告公司的一位高级副经理知道了，他马上打电话邀请克罗尔到公司来，并诚恳地说，到广告公司，其律师资格也有用武之地。克罗尔就这样选择了广告这个行业。

1971 年，克罗尔被董事长奈伊破格提升为主管国内广告业务的经理。1980 年，43 岁的克罗尔被任命为总经理，执掌着拥有 24 亿资产的杨·鲁比肯广告公司的大权。

20 世纪 70 年代初，杨·鲁比肯公司经营出现了劣势，一些高级职员纷纷辞职，另找出路，克罗尔也曾动摇过。董事长奈伊挽留他，并让他把设计部整顿一下。克罗尔接受了这一任务。他认为设计部是广告公司兴衰存亡的关键部门，设计部搞不好，直接影响公司的经营。他分析了设计部杂乱、骄纵的症结所在，那就是设计人员明明在广告设计上大有所为，可他们的力气总不能用在点子上。有时候，他们把客户想解决的问题压根儿给忘了。那时的设计部，各行其是之风可谓盛行。根据上述分析，克罗尔

设计了一套改造设计部的程序，使设计部焕然一新。公司很快扭转了颓势。

从此，克罗尔也从普通的设计业务人员，一跃成为出类拔萃的人物，成为主管复杂的服务性企业的实干家。他置身于作战的前沿阵地，不断完善克敌制胜的策略，带领下属夺魁称雄。

1974年，西荣斯床垫公司突然宣布，终止委托杨·鲁比肯公司经办广告业务。克罗尔知道后，马上召集公司设计人员，开了一个极短的会议，仅仅用了36个小时，就准备出了一整套配有布景和音乐的西荣斯床垫公司的专题广告艺术宣传。通过演员们生动、风趣的演出，西荣斯床垫公司给企业界人士留下了深刻的印象。不出1小时，西荣斯床垫公司宣布，鉴于杨·鲁比肯公司出色的广告宣传，本公司将继续委托它经办广告业务，取消同其他公司的业务合作。这次富有极大的挑战性的广告战，是克罗尔的最漂亮的一次广告战。

1987年3月，克莱斯勒汽车公司董事长艾柯卡来电话，通知中断20多年来一直由杨·鲁比肯公司承担的4500万美元的广告业务。奈伊马上把这个不幸的消息告诉了克罗尔，但克罗尔满有信心地对董事长说："既然如此，咱们就另寻他路吧，一定会揽到比这更大的生意。"

过了不久，克罗尔得知福特公司准备跟一家广告公司合作。于是他明察暗访，经过几次交锋，终于从福特公司那里接到了6800万美元的广告生意，使公司转危为安。

克罗尔孜孜不倦、积极进取、埋头苦干的精神使手下人很受感动，也提高了他们的工作积极性，从而使杨·鲁比肯公司的广告业务增长势头在同行业中处于领先地位。

★★★心灵感悟

机会偏爱有进取心的人。进取心就是迎难而上，敢于挑战，敢于尝试。进取心是一切新方法、新思维的催化剂，它提醒你要居安思危，促使你去改进，去创新，否则你就会被淘汰。保有持续、高昂的进取心，你就会时时领先，处处领先。

♀**趣味小知识**

广告是商品经济的产物，自从有了商品生产和交换，广告也随之出现。世界上最早的广告是通过声音进行的，叫口头广告，又称叫卖广告，这是最原始、最简单的广告形式。早在奴隶社会初期的古希腊，人们通过叫卖贩卖奴隶、牲畜，公开宣传并吆喝出有节奏的广告。古罗马大街上充满了商贩的叫卖声。古代商业高度发达的迦太基——广大地中海地区的贸易区，就曾以全城无数的叫卖声而闻名。

♂**心灵格言**：古之成大事者，不惟有超世之才，亦有坚忍不拔之志。

——苏轼

从卖"万金油"到"南洋报王"

写作关键词 潜心思考、执著努力、锐不可当

写作论点 1. 只有一步步努力奋斗，才能取得成功。

2. 要学会思考，理智抉择。

胡文豹、胡文虎这一对"虎豹兄弟"把一个仰光永安堂小药店发展成为声名显赫的包括报业、药业、金融、保险等多种行业的家族产业，尤其是虎牌"万金油"更是名扬世界。他们兄弟二人的伟业至今仍为人们津津乐道。万金油虽小，但它"小在大之内，大在小之中"的中华文化底蕴却为"虎豹兄弟"创造了奇迹。

在兄弟的老爸、名医胡子钦逝世后，兄弟二人仅靠父业无以为生，便想用其父之声望做一种产品。经多方奔走，潜心思考，他们发现南洋气候炎热，日照时间长，夜间蚊虫又多，人们普遍易患头晕头痛病，也常为蚊虫叮咬而烦恼。于是他们想发明一种清凉解毒的外用药，在设计上要便于携带，使用方便，价格还要便宜，重在疗效神速，立刻缓解症状。这种利小市场大的小盒子一试销即受到人们的普遍欢迎。

但胡氏兄弟创业的艰难，在于大众不知道有个"万金油"。他们想在

报刊上登广告，但又负担不起费用，兄弟俩只好走街串巷去贴小广告。当时兄弟俩曾说过一个笑话：有了钱一定要自己办报纸，虎牌广告就可想做多大就做多大。让所有人能在报上见到我们多好！

胡文虎是个执著的人，他认准的事一定要办成，问题是时机是否成熟。他注意到在广大东南亚发行一份报纸，其商品宣传的威力将不可限量。于是，他先与一个报业熟人合资创办了《仰光日报》，果然很有奇效，仰光大街小巷的人都看他的报纸。胡文虎在版面设计上更是费尽脑筋，使之妙趣横生，很招人喜欢。胡文虎尝到办报纸的甜头后，又独资创办了《晨报》，从此把精力放在媒体产业上。这不仅不妨碍万金油事业，反而使万金油如虎添翼，与报纸一起飞遍了东南亚家家户户。

在战争年代，各报纷纷停业，而胡氏兄弟反其道而行之，大力收购报纸，并创办新报，不到十年，胡文虎在海内外主办了10多家报纸，组成"星系报业集团"，所有报纸一律以"星"字打头，影响巨大。万金油也随之锐不可当，出现了"众星捧月"的局面。可以说，没有媒体的烘托渲染，也没有万金油的天下。如果他自己不办报，仅是巨额广告费就可把万金油吸干。

报业与制药比翼双飞，是胡氏兄弟事业的两大支柱，起到互为表里、互相促进的作用，形成了运作协调的良好机制，兄弟俩也借此成为"南洋报王"。

★★★心灵感悟

打江山，始于努力、奋斗，对志向的坚守；守江山，成于反其道而行之。遇事，积极对待，冷静思考，作出独到的、理智的判断，成就了"南洋报王"的创业传奇。

♀文化资料库

《黄帝内经》是中国传统医学四大经典著作之一（中医学四大经典著作是《黄帝内经》《难经》《伤寒杂病论》《神农本草经》），也是第一部冠以中华民族先祖"黄帝"之名的传世巨著，是我国医学宝库中现存成书最早的一部医学典籍。是研究人的生理学、病理学、诊断学、治疗原则和药物学的医学巨著。

☺**心灵格言**：人，只要有一种信念，有所追求，什么艰苦都能忍受，什么环境也部能适应。

——丁玲

🍁 谁拉你走向了平庸

写作关键词　沾沾自喜、茫然、妄自菲薄、坚持自信

写作论点　1. 不管遇到什么对手，都要相信自己能赢。

　　　　　　2. 缺乏自信心会一步步把我们拉向平庸。

有这样一个试验：

一个长跑运动员参加一个 5 人小组的比赛。赛前教练对他说，据我了解，其他 4 个人实力并不如你。结果，这个运动员轻松地跑了个第一名。后来，教练又让他参加了另外一个 10 人小组的比赛，教练把其他人平时的成绩拿给他看，他发现别人的成绩并不如自己，他又轻松跑了个第一名。再后来，这个运动员又参加了 20 人小组的比赛，教练说，你只要战胜其中的一个人，你就会胜利。结果，比赛中，他紧跟着教练说的那个运动员，并在最后时刻奋力冲刺，又取得了第一名。

后来，换了一个地方。赛前，关于其他运动员的情况，教练并没和他沟通过。在 5 人小组的比赛中，他勉强拿了一个第一名；后来在 10 人小组的比赛中，他滑到了第 2 名；20 人的比赛中，他仅仅拿了一个第 5 名。

而实际情况是，这次各个组的其他参赛运动员与第一次的水平完全相同。

这不由得使我想起自己上学的故事来了。

在小学的时候，自己是班里的佼佼者，觉得第一非自己莫属。升到了初中之后，人多了，觉得自己能考前 10 名就不错，于是一旦考到了前 10 名，便沾沾自喜。高中之后，定的目标更低，即便考试稍有出入，也会安慰自己道：高手这么多，已经不错了。就这样，一步步从优秀走向了

177 ❤

平庸。

是的，生活中，不会永远有人告诉我们竞争对手的实力和能力。于是面对着周围越来越多的人，我们开始茫然不知所措，或者妄自菲薄，主动地把自己"安排"到一个较低的位置上。这也许是前进的路上，许多人都要走的一条路。

一个著名的企业经营家曾经说过，一个优秀的人才，他的自信力恒久不衰。是啊，一个人如果对自己缺乏自信力，不论有多大的才能，也不会淋漓尽致地施展出来。即便自己曾经是一块金子，缺乏自信心，也会让自己黯然褪色为一块铁，甚至甘心堕落为一粒沙子，长久地淹没在沙土里，不被外人发现。

我们原本是优秀的。只不过，是我们缺乏自信力的内心，一步一步把我们从优秀的高地上拉下来，一直拉到了平庸的位置上。平庸，是人生的一场灾难，也是人生的悲剧。只是，更多的时候，是我们自己为自己导演了这场灾难和悲剧。

（马 德）

★★★心灵感悟

世界上没有天才，个人的成功与否全部掌握在我们自己的手里。在竞争如此激烈的今天，选手要拼的是毅力与自信。这位长跑运动员用自己的辛酸去证实了这一真理，你还要重蹈覆辙吗？

♀历史百科书

公元前490年9月12日，波斯人和雅典人在离雅典不远的马拉松海边展开了一场战役。雅典人最终获得了反侵略的胜利。为了让故乡人民尽快知道胜利的喜讯，统帅米勒狄派一个叫斐迪庇第斯的士兵回去报信。菲迪庇第斯是个有名的"飞毛腿"，为了让故乡人早知道好消息，他一个劲地快跑，当他跑到雅典时，已喘不过气来，只说了一句"我们胜利了！"就倒在地上死了。为了纪念这一事件，在1896年举行的现代第一届奥林匹克运动会上，设立了马拉松赛跑这个项目，把当年菲迪庇第斯送信跑的里程——42.195公里作为赛跑的距离。

178

♂**心灵格言**：有信心的人，可以化渺小为伟大，化平庸为神奇。

——萧伯纳

绝不满足现状

写作关键词 满足、妄想、胸怀大志

写作论点 人要不断追求进步，这样人生才不会平庸。

英国新闻界的风云人物，伦敦《泰晤士报》的老板来斯乐辅爵士，在刚进入该报时他不满足于赚 90 元周薪的待遇，也不满足于人人称羡的《伦敦晚报》，最后当《每日邮报》已为他所有的时候，他还妄想取得《泰晤士报》，不过最后他终于达到了目的。

他一直看不起胸无大志的人，他曾对一个服务刚满 3 个月的助理编辑说："你满意你现在的职位吗？满意你现在每周 50 元的周薪吗？"那位职员想了一下，答复说觉得满意，他马上把他开除了，并很失望地说："你应了解，我不希望我的手下以每周 50 元的薪金就已满足，而终止他前途的发展。"

★★★心灵感悟

永不满足，不失去追逐美好的热望，就会长久地奋斗追求下去，不懈地追求的脚步是不会停止的。

♀健康好医生

测算心跳边际速度能有效地检测心脏的健康状态。具体办法是：上跑步机跑步直到你无法继续坚持下去，然后测算 15 秒钟的心跳次数，乘以 4 得到每分的心跳。接着休息两分钟，再次以同样方法测量。美国霍普金斯大学研究发现，如果第二次测算和第一次相比，远远没有达到平均下降 56，你就应该去找医生进行彻底的检查。

♂**心灵格言：**不满足是向上的车轮。

——鲁迅

人生之路

写作关键词　风吹雨打、人生痛苦、放弃人生

写 作 论 点　1. 在人生道路上，我们要勇往直前。

　　　　　　　2. 勇敢者的人生是精彩纷呈的。

一座泥像立在路边，历经着风吹雨打。

它很想找个地方避避风雨，然而它动弹不得，更无法呼喊。它太羡慕人类了，它觉得做一个人真好，可以无忧无虑、自由自在地到处奔跑。它决定抓住一切机会，向人类呼救。

有一天，一位长髯老者路过此地，泥像用它独有的神情向老人发出呼救。"老人家，请让我变成个人吧！"泥像说。长髯老者看了看泥像，微微笑了笑，然后长袖一挥，泥像果然立刻变成了一个活生生的青年。

"你要想变成个人可以，但是你须先跟我试走一下人生之路，假如你承受不了人生的痛苦，那么我马上会把你还原。"老者说。

于是，青年跟随老者来到了一个悬崖边。

只见两座悬崖遥遥相对，此崖为"生"，彼崖为"死"，中间由一条长长的铁索桥连接着。而这座铁索桥，又由一个一个大大小小的铁链环组成。

"现在，请你从此岸走到彼岸吧！"老者长袖一拂，青年已经来到了铁索桥上。

青年战战兢兢，踩着一个个大小不同的链环的边缘小心地前进着，然而，他的脚下一滑，一下子跌进了一个链环之中，顿时两脚悬空，胸部也被链环死死地卡住，几乎透不过气来。

"啊，好痛啊！快救命啊！"青年挥舞着双臂，大声喊救命。

"请君自救吧！在这条路上，能够救你的，只有你自己。"长髯老者微笑着说。

青年得不到帮助，只好拼命地扭动着身躯，奋力挣扎，好不容易才从这痛苦的铁环中挣扎出来。

"这是什么铁环，为什么卡得我如此痛苦？"青年愤愤道。

"它叫名利之环。"脚下的铁链答道。

青年继续朝前走。忽然，隐约间，一个绝色美女朝青年嫣然一笑，然后又飘然离去，不见了踪影。青年这一走神，脚下又是一滑，又跌入一个环中，被死死卡住。

"救……救命啊！好痛啊！"青年忍不住地再次求救。可是四周一片寂静，没有人回应他，也没一个人来救他。

这时，长髯老者再次出现，对他微笑着，缓缓道："这条路上没有人可以救你，你只能自救。"

青年无奈，只能拼尽全力自救，好不容易才从这个环中挣扎了出来。此时他已经精疲力竭，他小心地坐在两个链环间喘息。

"刚才这又是什么环呢？"青年在琢磨。

"它叫美色链环。"脚下的铁链答道。

经过一阵休息，青年才觉神清气爽，心中充满了幸福愉快的感觉。他在为自己能够从链环中挣扎出来而庆幸。

青年继续赶路。然而料想不到的是，他接着又掉进了贪欲链环、嫉妒链环、仇恨链环……待他从这一个个痛苦的链环之中挣扎出来时，青年已经疲惫得不成样子了。他抬头望去，看到前面还有望不到尽头的漫漫长路，他再也没有勇气继续走下去了。

"老人家！老人家！我不想再走人生之路了，你还是让我回到从前吧！"青年痛苦地呼唤着。

长髯老者再次出现，他长袖一挥，青年又回到了路边。

"人生虽然有许多痛苦，但也有战胜痛苦之后的欢乐和轻松，你难道真的想放弃人生吗？"长髯老者问道。

"人生之路痛苦太多，欢乐跟愉快太短暂太少了，我决定放弃人生，还做我的泥像。"青年毫不犹豫地回答。

"走人生之路是一个机会，也是你改变泥像命运的唯一一次机会……既然如此……好吧！"长髯老者欲言又止！

"我就做泥像！"青年不假思索地说。

这时，长髯老者平静而又仔细地看了青年一眼。只见长髯老者长袖一挥，青年又还原为一尊泥像。

"我又可以在这里看风景了，这也很不错嘛，我从此再也不必遭受人世间的痛苦了！"泥像这样想着。

然而不久，一场大雨袭来，泥像当场便被雨水冲成了一堆烂泥……

★★★心灵感悟

> 英国前首相丘吉尔说过："勇气很有理由被当做人类的德性之首，因为这种德性保证了所有其余的德性。"俄国诗人普希金说："勇敢是人类美德的高峰。"英国哲学家培根说："如果问在人生中最重要的才能是什么？那么回答则是：第一，无所畏惧；第二，无所畏惧；第三，还是无所畏惧。"可见，勇气是人类战胜一切困难的力量，勇气是想成为一个优秀的人的必备条件。如果没有了勇气，就永远只是纸上谈兵的空想家，就像蜗牛一样很难爬出背上的家园。

♀健康好医生

典型的垃圾食品有：煎炸食品、烧烤食品、熏制食品、腌制食品、深加工后的肉类、甜食、方便面、饼干、糖果、含化学添加剂的食品、高糖、酒精、碳酸饮料等。你的饮食习惯，造就了你今天的身体。所以，你一定要学会选用适当的食材，建造自己的身体。

学生时代是学知识长身体的重要阶段，同时也是良好的饮食习惯形成的重要时期，这个阶段掌握一定的营养知识，并且形成良好的饮食习惯，对于促进我们的生长发育保证身体健康有重要的意义。

♂心灵格言：人生至善，就是对生活乐观，对工作愉快，对事业兴奋。

——布兰登